KB100692

세상에서 가장 깨지기 쉬운 마음

나의 어머니를 위해서

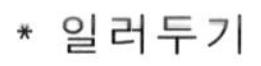

작가 특유의 문체를 지키기 위한 비문이 포함 되어 있습니다.

깨지기 쉬운 마음을 위해서

오수영 산문집

오수영

Oh Suyeong

연약한 마음은 나약함의 상징이 아닌 남들보다 섬세하게 세상을 관통할 수 있는 선물이라고 믿으며 살아간다.

그 믿음이 바로 깨지기 쉬우면서도 결코 깨지지 않는 단단한 마음을 간직한 사람들이 세상을 살아가는 방법이 아닐까 하며.

오수영 독립작품 활동

▼ 독립출판

진부한 에세이 (2017), 우리는 서로를 모르고 (2018), 아무 날의 비행일지 (2021), 긴 작별 인사 (2022), 사랑의 장면들 (2022), 조용한 하루 (2023)

서 문

너무 착하고 여린 사람은 세상의 모든 일이 자신의 탓인 것만 같아 혼자서 몰래 앓는다. 그렇게 이유를 알 수 없는 고통에 시달리며 서서히 마음에 금이 가기 시작하고 급기야 깨져버린다. 한번 깨져버린 마음을 한 조각씩 주워 담아 다시 이어붙여 볼 수는 있겠지만 한번 깨졌던 흔적은 끈질기게 살아남아 그 사람의 여생을 끝까지 물고 늘어진다.

깨지기 쉬운 사람은 어느새 겁쟁이가 되어 모든 관계로부터 뒷걸음질 친다. 깨지기 전에 미리 도망치며 가장 안전한 장소라고 믿는 자기만의 방으로 숨어들어 문을 걸어 잠근다. 영원히 이곳에서 나가지 않을 사람처럼 한껏 움츠린 채로 창문 밖으로 관계들을 훔쳐보면서. 때로는 문고리에 손을 얹고 살며시 문을 열어보기도 하지만 어쩐지 바깥은 나와 어울리는 곳이 아닌 것 같아 이내 용기를 잃고 주저앉는다.

그렇게 혼자만의 시간은 오히려 깨진 마음을 더욱 산산조각으로 만들기도 한다. 연약하고 취약한 마음을 위해서, 그 마음을 끝내 지켜내기 위해서 얼마나 오래도록 자기만의 방에 숨어 있었을까. 그리고 얼마나 무수한 마음을 앓으며 삶을 견뎌 왔을까. 깨지기 쉬운 마음은 나약함의 상징이 아니라 남들보다 삶을 섬세하게 관통하고 있는 것뿐이라는 사실을 깨닫게 될 때까지 수도 없이 무너져 내린 사람이 있었다.

이제는 그 사람에게 세상의 모든 일에 마음 아파할 필요는 없다고, 모든 그릇된 일들이 당신이 조금 더 들여다보지 못해 발생한 것은 아니었으니, 이제 더는 미안해하지 않아도 된다고 말해주고 싶다. 그 아름다운 마음을 위해서.

2020년 6월.

오수영.

차 례

2부

3부

4부

1부

기억의 힘

많은 것을 기억하는 사람의 삶은 한곳에 고이지 않는다. 기억이 날마다 사람을 어디론가 데려가 거기서부터 다시 흐르게 만든다. 비록 현재에 살아가고 있을지라도 과거의 기억으로 돌아가 그곳에서부터 다시 흐를 수 있다. 차마 흘러갈 수 없었던 방향으로, 이미 흘러왔지만 처음부터 다시 시작해 보고 싶은 방향으로, 혹은 아무 곳으로도 흐르지 않기 위해서. 그렇게 기억은 사람을 내버려 두질 않는다.

기억하고 싶어도 기억나지 않거나 기억할 수 없는 순간이 있는 반면에, 기억하고 싶지 않거나 이제는 잊었다는 믿음마저 뚫고 나오는 기억도 존재한다. 기억은 때로 너무도 쉽게 왜곡과 조작의 인질이 되기도 하지만, 그것이 우리의 기억을 이루고 있는 성분들이고, 편리한 기억만을 간직하고 꾸며내는 것만큼 정신과 마음 건강에 이로운 것도 없을 것이다. 기억은 의지로 오는 것이 아니라, 사고처럼 나를 급습해 다른 시간대에 내동댕이 친다.

그리하여 너무 많은 것을 기억하는 사람은 매 순간마다 다른 시간을 살아간다. 생생한 기억은 그때의 감정과 분위기, 심지어는 피부에 닿던 공기의 감촉까지도 온전히 되살려, 우리가 지나간 특정한 시간으로 돌아가 실수를 만회할 수 있을 것이라는 착각을 안겨주기도 한다. 현실 속 삶의 방향은 분명 앞을 향하고만 있는데 기억과 마음은 과거 속에서 방향을 잃고 끊임없이 방황한다. 결국은 기억이 사람을 현재에 머물지 못하게 한다.

안도의 한숨

소개팅을 앞둔 날 갑자기 비가 내리기 시작했다. 비를 좋아하는 나로서는 전혀 상관이 없을뿐더러 오히려 차분하고 편안한 마음으로 나갈 수 있겠지만, 문제는 상대방이 어제부터 내막을 숨긴 메시지를 보내왔다는 것이다.

"저기 내일 비가 많이 온다는데 괜찮을까요?"

이 메시지를 받은 순간 고민에 휩싸였다. 상대방이 돌려서 말하긴 했지만 나는 그것을 감각적으로 알아채고 약속을 취소하거나 미뤄야 했던 걸까. 최대한 밖에서 걸을 일이 적은 장소에서 만남을 약속했지만 어쩐지 메시지를 읽는 순간 나도 만남에 대한 의지가 너무도 쉽게 사그라지고 말았다.

살아오면서 소개팅이라는 것을 두 번밖에 해보질 못했다. 그것도 아주 오래전 대학생 시절이 마지막이었다. 그때도 연애를 해야겠다는 간절함보다는 대학생이라면 누구나 통과해야만 하는 관문 같은 것으로 여겨졌기 때문이었다. 모르는 사람과 단둘이 눈을 마주 보고 일정 시간 동안 같은 장소에서 머무른다는 것이 생각만 해도 어색했고, 실제로는 더 어색해서 앞에 차려진 음식을 어떻게 다 먹었는지 기억조차 나질 않았다.

사람은 기억나질 않는데 분위기는 여전히 생생하게 기억난다. 아직 고등학생의 모습이 역력한 신입생 둘이 약속한 장소에서 만났다. 인사를 나누고 재빠르게 서로를 훑어본 순간 서로는 이미 상대방에 대한 마음을 정했을 것이다. 서로가 마음에 들었다면 다행이겠지만 그렇지 않다면 이제부터 이 어색하고 소모적인 시간을 어떻게 감당해야 할지 알 수가 없다. 주문한 음식이 나오고, 할 이야기가 없어 쓸데없이 주선자에 대한 이야기를 나누고, 이미지 관리를 하며 적당히 웃기도 하고, 맞장구를 치기도 하면서 간신히 시간을 채웠을 것이다. 작별의 인사를 나누고 집으로 돌아가는 길에 서로에게 메시지가 올 수도 있겠지만 아닐 수도 있겠다. 상대방을 다시 만나볼까 고민하다 하루가 지났고, 그 이후로 그들은 서로의 기억 속에서 깔끔하게 지워졌다.

내가 좀 더 매력적인 사람이었다면 상대방이 한 번 더 메시지를 보내오지 않았을까. 아니면 그녀가 마음에 들었다면 다음날일지라도 내가 먼저 연락을 다시 해봤더라면 우리는 이어질 수 있었을까. 결론적으로 소개팅으로 시작해 연인이 된 경험을 해보지 못한 나로서는 지금까지 그런 만남에 대해 아무런 생각도 기대도 하지 않고 살아왔다. 하지만 이번에 소개팅을 받게 된 까닭은 이제는 자연스러운 만남도 좋지만 누군가 지인을 소개해 주지 않는다면 인연을 만날 수 있는 확률이 현저히 떨어지는 시기가 찾아왔다는 불안함 때문이었다. 소개팅 자체가 억지라고 생각했고, 만날 사람은 어떻게든 만난다는 허무맹랑한 낭만 중독증으로 인해 소개팅 기회가 있을 때마다 무조건 거절해왔지만 이제는 그런 자세를 고수했다가는 독수공방 신세를 면치 못할 것 같았다.

만남의 시간이 다가오고 있는데 비는 그치질 않고 있었다. 알 수 없는 불안함이 마음속 깊은 곳에서부터 자라나기 시작했다. 중요한 시험을 앞둔 사람처럼 초조해졌고, 만나게 된다면 무슨 말부터 꺼내야 할지 고민이 되니 머리가 지끈거렸다. 날마다 사람들 속에서 웃는 모습으로 일을 하면서도, 모르는 누군가와의 만남이 눈앞에 있다고 생각하니 대인기피증을 닮은 증세가 나타나고 있었다. 하지만 이것은 단순히 모르는 사람에 대한 기피 증세가 아니라 보다 근원적인 문제에서 비롯된 것이었다. 그것은 만남의 기회들이 많아지면서도 적어지고 있다는 사실에서부터 시작됐다. 만남을 갈망하면서도 만남의 무게를 감당할 자신이 없어졌다는 비극이었다. 만남에 대한 두려움은 과거의 만남이 심고 달아난 불안이라는 씨앗이 꽃이 되어 만개한 것과도 같았다. 만남이 있어야 그

다음을 기약할 수 있는데 만남을 회피하면서 만남을 그리워하는 커다란 모순에 직면하게 되었다.

한마디로 과거의 연애의 이력들로 겁쟁이가 되었다는 것이다. 취향이 확고해진 만큼 편견도 견고해졌고, 그렇게 사람을 너무도 쉽게 제멋대로 판단하게 된 게 아닐까. 내 마음에 쏙 드는 사람이 세상에 존재할까 싶다가도, 그렇지 않은 사람과 만나는 것보다는, 지금처럼 혼자만의 삶을 살아가도 특별한 결핍을 느낄 것 같지도 않다는 생각에 이르게 되었다. 호감 하나로 열렬한 사랑을 키워나가던 시절은 지나갔고, 이제는 어떻게 해야 덜 상처받게 될지 궁리만 하는 못난 어른이 되어버렸다. 나에게도 아직 키워나갈 수 있는 마음이 한가득인데 과연 그 마음을 온통 쏟을 수 있는 사람을 만나게 될 수 있을지 모르겠다.

삼십 분 후면 집에서 나서야 했다. 이렇게 비 내리는 날에는 도대체 뭘 입고 나가야 적당할지 몰라 옷장을 뒤적이고 있는데 그녀로부터 메시지가 도착했다.

"비가 너무 많이 내려서 아무래도 약속을 미뤄야 할 것 같아요."

다행이라는 생각이 먼저 들었다. 실망이나 서운함이 아닌 안도의 한숨이 저절로 흘러나왔다. 아마도 그녀도 나만큼이나 망설이다가 용기를 내서 메시지를 보냈을 것이다. 그 결정에는 그녀의 연애의 이력과 상처와 아픔들이 적잖이 관여했을 것이고, 어쩌면 정말로 단지 비 내리는 날의 외출을 싫어하는 것일 수도 있겠지만 아무렴 어떤가. 당면의 과제가 미뤄졌다는 안심이 그 무엇보다도 중요하게 다가왔다. 우리는 누가 먼저 다시 약속을 잡을 수도 있겠지만, 이대로 영영 모르는 사이가 될 수도 있을 것이다.

새로운 만남을 원하고 있으면서도 무엇이 나를 만남으로부터 멀어지게 하는 것일까. 삶은 왜 살아갈수록 모순 그 자체가 되어가는 것인지 모르겠다. 지금까지 온갖 핑계를 대며 외면하거나 회피한 만남들은 지금쯤 어떻게 살아가고 있을까. 나는 무엇을 위해 그 수많은 만남의 기회들을 져버렸던 것일까. 세월이 흘러갈수록 바보가 되어가는 느낌이다.

어김없이 연말은 찾아오고, 작년보다 용기는 줄어들고, 미련은 많아지고, 그렇게 세월은 나를 관통하며, 많은 것들을 어지럽히는데, 그럼에도 사랑의 대상과 그 관계를 향한 희망만이 또다시 새롭게 다가올 시간 앞에서 움츠려들지 않게 하고, 누구라도 그러하듯이, 나도 이렇게 삶에 완벽하게 젖어들고.

안전벨트

사랑하는 사람으로부터 상처받는 것이 두려워 언제든 충격을 방지하기 위해 안전벨트를 맨 채로 가만히 앉아만 있는 사람들이 있다. 상대방이 지금의 연애와 사랑이라는 웅덩이에 맨몸으로 뛰어들고 있다는 것을 알면서도 자신은 망설이기만 할 뿐 좀처럼 같이 뛰어들 용기를 내지 못한다. 과거의 사랑이 상처와 배신만 남긴 채 떠나갔다면 다가올 사랑에 몸이 움츠려드는 것은 어쩌면 자연스러운 보호본능일지도 모른다. 삶을 내어주며 모든 것을 쏟았던 사랑의 대가가 돌이킬 수 없는 절망과 고통이라면 과연 누가 아무렇지 않은 듯 다시 사랑에 몸을 던질 수 있을까.

사랑에 대한 소문들이 사람들 주위를 배회한다. 사랑은 할수록 손해라는 말이, 설렘의 달콤함에 취하지 말라는 말이, 그 사람의 전부를 믿어서는 안 된다는 말이 불변의 진리가 되어 사람들로 하여금 안전벨트를 조금 더 움켜쥐게 만들곤 한다. 사랑에 대한 무수한 소문들 중에서 우리는 어떻게 진짜의 말을 가려낼 수 있을까.

생각해보면 내 상황과 완전히 어긋나는 사랑의 소문들은 없지 않을까. 사랑의 웅덩이에 발을 담근 사람이라면 누구도 소문에서 자유로울 수 없다. 모든 소문이 그 사람과 나의 사랑 이야기 같고, 우리만큼 사연이 많은 사이도 없으며, 우리처럼 특별한 관계도 없을 것 같지만, 안타깝게도 우리도 별 수 없는 사이라는 사실을 머지않아 깨닫게 된다. 사랑의 보편성이라는 게 그렇게나 강력하고, 우리만은 다를 것이라는 개별성은 무참히도 연약하다. 전체적인 흐름에서 조금씩 벗어날 수는 있겠지만 결국은 회귀하고, 사랑의 결말은 하나의 소실점에서 만나게 된다. 하지만 이렇게 말할지라도, 우리는 분명 스스로 직접 체험해 본 후에 사랑에 대해서 말해야만 한다.

연애가 철저한 학습으로 발전된다고 말한다면 너무 메마른 소리처럼 들릴 수도 있겠지만, 연애처럼 학습이 중요한 부분도 없는 것 같다. 남들의 보편적인 사랑 이야기들과는 별개로 자신의 개별적인 사랑 이야기는 둘 사이에 유일하게 존재하는 흐름이다. 그 흐름 위에서 우리는 침몰하기도 하고, 가까스로 생존하기도 하며, 조금씩 나아질 수 있는 학습의 기회를 얻게 된다. 결국 그 흐름 속에서 얼마나 많은 당신들을 넓게 거쳐 왔는지가 중요한 것이 아니라, 단 하나의 당신과 얼마나 깊게 파고들며 사랑을 지켜냈느냐가 중요한 것이 아닐까. 매 순간 사랑에 대한 성찰의 기회는 많을지라도 정작 자신이 받아들이고 학습할 수 있는 준비가 되지 않았다면, 성찰은 스치는 인연들의 흐름에 휩쓸려 저 멀리 영원히 사라지게 되는 것이다. 그리하여 수많은 흐름 속에서 자신이 원하는 모습을 지닌 다른 사람을 찾고야 말겠다는 마음보다, 지금 내 곁의 당신과의 흐름 속에서 또 다른 모습을 발굴해낼 수 있는 오래된 시간의 속성과 숙성된 사랑의 깊이, 그리고 끊임없는 서로의 의지와 노력처럼, 어쩌면 진부하지만 고결한 가치들이 결국은 정답이 될 수밖에 없는 것이 아닐까.

언젠가는 사랑에 있어서 안전벨트를 매지 않는 무모함이, 자멸할 각오로 무턱대고 웅덩이로 몸을 던지는 용기가, 모순적이게도 자신을 가장 안전하게 지켜줄 것이라는 말도 안 되는 소리를, 우리도 깊숙하게 깨달을 수 있게 되기를 바라는 마음이다. 삶의 한 부분을 온전히 내어줬을 때의 허전함이, 허탈함이 아닌 충만함이 되어 우리의 삶에 분명하게 녹아들기를 바라며.

고백의 속성

들키고 싶지 않은 진심을 고백할 때 우리는 한없이 작아진다. 어떤 마음이 서서히 모습을 드러낼 때는 흙 속의 새싹이 오랜 시간을 기다린 끝에 지면으로 정수리를 내놓는 것처럼 조심스럽지만 확고하다. 그 모습은 견디는 것처럼 보이지만 실은 정반대로 환희의 절정이다. 이를테면 마음의 자발적인 고통으로 진심을 숨기던 시간들을 완전히 해방 시키는 것이다. 고백을 할 때 위에서 아래로 향하는 사람은 없다. 마음을 전할 때는 언제나 아래에서 위로 향한다.

고백의 태도에 있어서 방법은 다양하겠지만 고백은 기본적으로 간절함에서 태어난다. 간절한 사람이 위에서 아래로 향할 수는 없는 것이다. 진심은 모순적이게도 오래 묵힐수록 목소리를 잃는다. 그리하여 오래된 진심은 소리를 낼 순 없지만 더욱 명확하게 입모양을 뻥긋 거린다. 때로는 침묵이 언어를 훨씬 탁월하게 대체하는 것이다. 결국 진심은 소란스럽지 않고, 다만 적막할 뿐이다.

작지만 분명한 입모양으로 그렇게,
나는 더듬거리며 당신에게 고백한다.

일렁이는 물결

일생에 단 한 번 그런 사람이 찾아온다. 기척도 없이 파도처럼 일렁이며 마음속으로 밀려오는 사람. 어느새 정신을 차려보면 마음이 온통 그 사람이 전해온 물결로 가득하다. 지난 사랑의 그림자가 자꾸만 그 사람을 밀어내려 애쓰지만 물결은 더 커다랗게 일렁이며 마음을 잠식한다. 그렇게 잔잔하지만 분명하게 온몸을 순환하며 구석구석 쌓인 사랑의 때를 정화한다.

오래전 내가 잃어버린 순수를 고스란히 간직하고 있는 사람. 순수와 만나면 불안과 두려움도 연약해진다. 희미해진 순수를 이제 막 걸음마를 뗀 아이처럼 처음부터 다시 배운다. 더디지만 한 걸음씩 발을 내디디며 그 사람의 손을 잡고 정확한 순수의 길목으로 들어선다. 스스로 길을 잃고 방황할 때마다 나를 이끌어주는 그 손을 조금 더 깊숙하게 잡아본다. 혹시나 내게도 그 사람의 마음에 물결을 전해줄 최소한의 진동이 아직 남아있다면, 유통기한이 끝나기 전에 그 물결로 사랑의 형태를 만들어 볼 수 있을까. 그리하여 내 삶에 찾아와준 그 사람에게 사랑과 믿음의 답례를 띄워보낼 수 있을까. 부질없던 후회와 미련은 물결 아래로 서서히 잠겨들고 이제는 내 것이 아닌 줄 알았던 순수가 표면 위로 고개를 내민다.

우리의 물결이 만나 서로를 일렁이는 파도가 될 수 있을까. 그럴 수 있다면 하나의 계절에만 거세게 출렁이다 소멸되는 파도가 아닌, 사계절 내내 잔잔하게 넘실대며 이어지는 그런 파도가 될 수 있기를 기도한다.

영원한 숨바꼭질

사랑이 자꾸만 숨바꼭질을 한다. 술래는 한 명뿐인데 숨은 사랑은 수백 가지의 모습을 하고, 수천 곳의 장소에 숨어 술래를 약 올린다. 우리가 어릴 적 즐겨 하던 그 놀이처럼 흔하지만 절대 알 수 없는 장소에 꼭꼭 숨어 이곳저곳을 들춰보는 술래를 몰래 지켜보며 숨죽여 웃고 있다.

어디 한번 나를 찾아보라고,
내가 바로 너의 옆에 숨어 있는데도,
언제까지 바보처럼 다른 곳만 들춰보는 거냐고.

사랑을 잡았다는 환희도 잠시뿐 아무리 들춰봐도 어떤 모습의 사랑이 진짜의 사랑인지 증명해 낼 길은 전혀 없다. 곳곳에 숨어있는 사랑들이 제각각 자신이야말로 진짜의 사랑이라고 외치고 있지만, 술래는 그 사랑을 닮은 무수한 감정의 홍수에 휩쓸려 서서히 지쳐간다. 술래가 지치면 숨바꼭질은 놀이의 의미를 잃고 지겨운 훈련이 된다. 마음이 내켜서 사랑을 찾는 일이 아닌 사랑의 존재를 증명해 내겠다는 투철한 연구원의 의지로 참여하는 숨바꼭질에 어떤 즐거움이 남아있을까. 술래가 지치면 숨은 사람도 놀이의 의미를 잃고 하나둘 집으로 돌아가기 시작한다.

사랑도 마찬가지가 아닐까. 사랑을 찾으려는 의지가 소멸된 상태에서는 바로 곁에 숨어있는 사랑도 절대로 모습을 드러내지 않는다. 다만 서로가 지쳐 스스로 놀이를 그만두고 각자의 길로 향할 뿐이다. 술래에게 들키지 않으려 숨어있을 때도 실은 술래가 내 주변을 맴돌며 나를 찾아주기를 바랐던 건 아닐까. 사랑에도 균형이 있다면 어쩌면 숨은 사랑을 반드시 찾아내고야 말겠다는 간절함이 지속될 수 있는 상태인지도 모른다. 그렇게 사랑을 계속해서 궁금해하며 들춰볼 수 있는 영원한 숨바꼭질이 이어질 수 있기를 바란다.

선물을 포장하는 마음

누군가를 위한 선물을 신중히 골랐지만 아무리 주변을 둘러봐도 포장 가게를 찾을 수 없었다. 인터넷을 검색해 봐도, 친구들에게 물어봐도 요즘도 그런 가게가 있냐는 말만 돌아올 뿐이었다. 지금까지 누군가에게 포장 없이 선물을 해본 적이 없는 나로서는, 이번에만 포장 없이 그냥 건넬까 생각을 하다가도 아무래도 내키지 않았다. 스스로 포장을 해볼 수도 있겠지만 섬세한 손재주도 없어서 자칫 선물을 열어보기도 전에 실망을 안겨줄 것만 같았다.

선물에 꼭 포장을 하기 시작했던 계기가 있다. 어릴 적 친구들의 생일날마다 모여서 맛있는 음식을 나눠 먹는 게 그때 우리들의 축하 겸 놀이 방식이었는데 어쩐지 그날은 빈손으로 가기가 싫었나 보다. 그래서 그 친구가 평소에 무엇을 좋아하는지 고민하다 결국 음반점에 들러 그가 좋아하는 가수의 신간 앨범 샀고, 이 선물이 무엇인지 도저히 모르게 깜짝 놀라게 해주고 싶어서 주변의 포장 가게에서 깔끔하게 포장을 했다. 친구는 갑자기 건넨 선물에 적잖이 당황한 기색을 보였지만, 포장을 풀어보는 내내 입가에 행복한 미소를 잃지 않았다. 그때의 기억이 내게는 참 따뜻하게 남았는지 이후로 누군가에게 선물을 할 때는 어쩔 수 없는 상황이 아니라면 꼭 포장 가게를 들르게 된다. 어쩐지 선물에 포장이 없다면 상대방이 선물을 받았을 때 포장 속에 과연 무슨 선물이 들어있을지 설레고 궁금해하며 풀어볼 수 있는 소중한 시간이 사라지는 것 같아서. 그리고 오래전 그 친구도 예쁘게 포장된 선물을 받아들고 세상에서 가장 행복한 미소를 지었는데, 만약 상대방과 사랑하는 연인 사이라면 포장을 풀어보는 일이, 그리고 그 모습을 곁에서 지켜보는 일이 얼마나 더 두근거리는 순간이 될까.

사실 선물을 건네는 일 자체를 민망해하거나 인색한 사람도 있지만, 누군가에게 특별한 날은 아닐지라도 좋은 일이 있을 때 소소한 선물 하나를 건네주기 시작하면, 지금까지는 몰랐던 감정을 느끼게 된다. 나로서는 별다른 시간과 노력을 들이지 않았음에도 상대방의 하루가 그 작은 선물로 인해 특별해지는 모습을 바라보고 있으면, 포장 안에 담겨있는 물건의 값어치와는 상관없이 선물은 누군가의 하루 자체를 선물로 만들어주는 것 같다. 조금의 정성이 사람의 행복을 훨씬 더 커다랗게 만들어 줄 수 있다는 사실을 알게 됐는데 구태여 그 작은 노력을 그만 둘 이유가 있을까.

이번에는 포장을 하지 못한 예외적인 날로 해둘까 생각을 해봤지만, 그 사람이 설렐 수 있는 시간이 사라진다는 건, 나 또한 그 모습을 지켜볼 수 있는 행복한 시간을 놓치게 된다는 말이었다. 결국 조금 멀리 떨어진 백화점에 있는 포장 가게에 들러 예쁘게 선물을 포장했다. 그 사람에게 어울리는 색상의 리본도 묶으니 별것 아닌 선물이 훨씬 더 근사해졌다. 그 사람은 포장을 풀어보면서 무슨 기분이 들까. 혹시나 선물이 무엇인지 이미 눈치채고 있는 건 아니겠지. 어느덧 그 사람과의 약속이 시간이 다가왔다. 아니, 이미 조금 늦어버렸다. 카페에 들어서니 그 사람이 저만치 멀리 앉아있다. 나를 보고 반갑게 손을 흔들어준다. 약속시간에도 늦었는데 왜 저렇게 해맑게 웃어주는 걸까. 미안한 마음에 선물을 뒤에 숨기고 우물쭈물 다가가 그 사람 앞에 앉는다. 어떤 타이밍에 선물을 건네야 할지 몰라 조심스레 선물을 테이블 위에 올려두고 그 사람 쪽으로 살며시 밀어본다.

그 사람이 웃는다.
세상에서 가장 따뜻하고 아름다운 모습으로.
그 사람을 지켜본다. 세상에서 가장 행복한 얼굴로.

결국 선물은 상대방이 아닌 나를 위한 선물이었다.

상대방을 위한 투명한 마음은 돌고 돌아 결국 자신에게로 향하는지도 모른다. 그래서 온전히 축하를 해주고도, 오히려 축하를 받는 듯한 값진 기분이 들게 되는 걸까. 이 세상에 투명한 마음이 남아있다면, 그것은 사랑의 테두리를 이탈할 수 없는, 사랑이 아니라면 불가능한 종류의 감정일 것이다. 누군가와 어떤 사랑을 하느냐에 따라 사랑은 무한대로 축소되기도 하고, 반대로 확장되기도 한다. 사랑의 확장이라니, 우리가 얼마나 기다려왔던 순간인가.

예민함에 대하여

서운하다는 말을 먼저 꺼낸 것은 언제나 내 쪽이었다. 제멋대로 그 사람을 향한 마음에 불을 붙이고, 또 제멋대로 상대방에게 나의 모든 감정을 건네고, 그렇게 온통 그 사람뿐인 날들을 제멋대로 살아놓고서, 정작 내가 품고 있는 마음처럼 말이나 행동으로 표현해 주지 않는 그 사람을 무심한 사람으로 몰아갔다. 각자에게는 상대방에게 마음을 줄 수 있는 자기만의 고유한 속도와 시기를 갖고 있다는 것을 알면서, 그리고 그 속도와 시기는 과거의 경험에서 비롯된 수많은 상처 나 감정, 혹은 다짐들 위에서 무수한 형태로 변형될 수 있다는 것도 알면서, 언제나 내 감정의 속도를 따라와 주지 못하는 그 사람이 원망스러웠다. 우리가 행복이었을 때 미래의 불안을 당겨와 서운해했던 것도 나였고, 우리가 불행이었을 때 과거의 행복을 끌어와 현재를 한없이 허탈하게 만들었던 것도 나였다. 누구나 관계의 미래를 예측하며 사랑을 한다지만 나는 유난히도 찾아오지 않을 미래의 변수들을 들여다보고 싶어 했고, 그것에 자유로울 수 없을 만큼 모든 것에 예민한 사람이었다.

처음 서운하다는 말을 꺼냈을 때 그 사람은 자신이 뭔가 실수를 하고 있었다며 황급하게 미안하다는 말을 했다. 좀 더 마음을 들여다 봐주지 못해서 미안하다고, 그래서 나로 하여금 서운하다는 말을 하게 해서 미안하다고. 그렇게 영문도 모른 채 그 사람은 사과를 했다. 하지만 시간이 흐르고 나의 예민함과 서운함이 다시 꿈틀거리기 시작하자 우리는 서로 예민한 사람과 무심한 사람으로 몰아세우며 다투게 되었다. 서운하다는 말에는 할당량이 정해져 있어서 그것을 넘어서면 상대방을 할퀴는 날카로운 무기가 된다. 사랑에 빠진 나머지, 그 사람이 내 마음을 알아주지 못한다는 서운함이 폭력이 되어 그 사람 고유의 사랑의 방식과 마음을 해치기 시작한다. 예민해실 필요가 없는 일들에 예민해지는 내가 아니었다면, 우리가 서로를 할퀴게 될 일이 있었을까. 예민함이라는 속성은 너무 깊은 것까지 보게 만들고, 그만큼 너무 깊은 아픔까지도 구태여 미리 보게 된다는 비극을 겪게 하는 것일까.

더 이상 나의 예민함이 소중한 것들을 앗아가게 내버려 두고 싶지 않다. 그것은 내 안에 서식하는 매정한 괴물이고, 한번 먹잇감을 물면 상대방의 숨통이 끊어질 때까지 놓아주질 않는 끈질기게 성실한 사냥개와도 같다. 글로 많은 감정을 풀어놓는 이유 중의 하나는, 내게 있어서 글쓰기란 내면에 도사리는 예민함이라는 괴물을 잠재울 수 있는 채찍의 역할을 하기 때문이다. 그 사람이

나의 예민함에 다치지 않게 되기를, 그만큼 나도 그 괴물을 제대로 길들일 수 있는 스스로의 조련사가 될 수 있기를 바라는 마음이다. 사랑이라는 고귀한 마음도 언제든 틈만 나면 못난 마음이 될 수도 있다는 사실을 나는 여전히, 그리고 아직도 배워가고 있다.

끈질긴 기억

어떤 사랑의 트라우마는 생각보다 생명력이 질겨서 무덤을 뚫고 끈질기게 살아남는다. 분명 이제는 트라우마의 수명이 다했다고 느껴져서 방심한 채 살아가다 보면 어느새 팔팔한 모습으로 내 앞을 가로막고 있는 모습을 발견한다. 그것의 존재가 행복 속에서도 기필코 불안을 발굴하게 만들고, 게다가 무작정 가시를 뻗쳐대며 주변의 소중한 사람들까지 다치게 하는 고삐가 풀린 괴물로 성장한다. 어쩌면 한번 만들어진 트라우마는 삶을 끝까지 따라다니며 수명이 다하는 날까지 내 곁을 배회하는 그림자 같은 존재가 아닐까. 내 삶과, 내 삶과 엮인 사건과 사람들이 함께 만든 트라우마는 결국은 살아가면서 온전히 내가 길들이며 감당해야 할 나의 과거가 낳은 못난 파편들이다.

나란히 걷기

‘미안한데 조금만 더 마음을 표현해 줄 수 없을까.’

혼자서 너무 많은 걸음을 앞서간 그는 천천히 따라오는 그녀의 걸음을 재촉하며 자꾸만 그녀의 손을 끌어당겼다. 보폭이 좁은 그녀는 빠르게 앞서 걷는 그의 보폭을 따라가며 서서히 숨이 가빴고, 다리도 끊어질 듯 아파오기 시작했다.

‘왜 이렇게 서둘러 걷는 거야, 우리 조금만 천천히 가면 안 될까.’

하지만 그는 걸음이 느린 그녀를 위해 속도를 늦추지 않았다. 자신처럼 서둘러 걷지 못하는 그녀에게 서운함만을 내비칠 뿐이었다. 산책을 즐기는 그녀에게 달리기는 자신의 종목이 아니었지만, 연신 미안하다는 말과 함께 조금 더 무리해서 보폭을 넓혀갔다.

'우리 이제 서로 나란히 걸을 수 있을까.'

그녀가 가까스로 그의 보폭에 맞춰 나란히 걷게 된 순간이 찾아왔다. 얼마나 오래도록 기다려왔던 순간인가. 그때 우리는 손을 마주 잡고 저만치 멀리서 번져오는 저녁노을을 오래도록 바라봤다. 그에게 누군가와 영영 함께하고 싶다는 생각이 들었던 적은 이번이 처음이었다. 그만큼 자신의 보폭을 배려해 준 그녀에게 커다란 감동과 사랑을 느끼고 있었던 것이다.

적당한 온기의 바람이 불어 그녀의 갈색 머리가 기분 좋게 흩날렸고, 그는 그 흩날리는 머릿결 사이로 어쩐지 슬픈 생각에 잠긴 듯한 그녀의 얼굴을 발견하게 됐다. 미소를 짓곤 있지만 왠지 모르게 울음을 터뜨릴 것만 같은 표정이라고 그는 생각했다. 하지만 이제야 나란히 걷게 된 우리의 운명에 슬픔을 없을 것이라고, 그는 착각했다. 노을이 저물고 우리는 다시 길을 걸었다. 밤이 되니 기온이 서늘해졌고 그는 그녀의 손을 조금 더 꼭 감싸 쥐었다. 그런데 어쩐 일인지 그녀의 손은 너무도 무거웠고 서서히 힘을 내려놓기 시작했다. 이내 보폭이 조금씩 좁아지기 시작하더니 그녀가 점점 뒤로 밀려나고 있었다. 그가 그녀에게 손짓을 했지만 그녀는 계속해서 멀어질 뿐이었다. 노을을 바라보던 것보다 더 오래도록, 우리는 그렇게 서로를 멀리서 바라보다 천천히 뒤돌아섰다.

'그동안 너무 숨이 가빠서 내 마음을 제대로 바라볼 수 없었나 봐.'

그녀는 자신의 보폭을 되찾았고, 그는 사랑을 잃었다. 너무 빠르거나 너무 느린 서로의 걸음이 우리를 결국 나란히 걸을 수 없게 만들었다고 믿었다. 하지만 시간이 지날수록 그를 찾아오는 물음들은 이런 것이었다.

'서두르지 않고 내가 걸음이 느린 그녀를 좀 더 기다려줬더라면, 그랬더라면 우리의 이야기는 달라졌을까, 나란히 걸어야만 사랑이라는 강박이, 가까스로 태어난 사랑을 소멸시켰던 건 아닐까.'

사랑은 나란히 걷는 것도, 마주 보는 것도, 그리고 같은 방향으로 걷는 것도 아닐지도 모른다. 사랑은 우리가 어떤 속도와 방향일지라도, 혹은 함께 있거나 그렇지 않을지라도, 다만 실타래처럼 가늘지만 분명하게 이어져 있다면, 그것으로도 가능한 이야기가 아닐까. 그녀와 노을을 바라보던 거리를 홀로 걷는다. 번져오는 노을 대신 캄캄한 밤하늘을 올려다본다. 자꾸만 하얀 한숨이 퍼진다. 그렇게 밤하늘에 힘없이 눈이 내린다.

우산의 딜레마

사랑하는 사람들의 우산 속에는 거리가 없다. 그 속에는 빈틈이 없고 여백도 없다. 제아무리 커다란 우산도 그들을 씌우면 비좁아진다. 그 속에는 가까운 숨결과, 내리쬐는 눈빛과, 밀착된 온도만이 존재한다. 순간은 정지되고, 시간은 멈춰 선다. 우산 속에는 그토록 그리던 영원히 변하지 않는 세계가 존재한다. 사랑하지 않으면 들어설 수 없고, 사랑하면 빠져나올 수 없는 비밀의 공간.

사랑의 생김새

사랑은 인간에게 가장 고통스럽고 아름다운 고민일지도 모른다. 어떤 감정이 조금 더 온전한 사랑인지에 대한 정답은 없지만 수많은 감정들이 사랑의 가면을 쓰고 우리 곁에 머물고 있다는 것은 분명하다. 관계 안에 있을 때는 연민이나 동정, 그리고 폭력이나 의심의 모습들마저도 사랑이라고 믿을 때가 많지만 비로소 뒤돌아봤을 때 그것의 민낯을 보고 뒤늦게 깨닫게 된다.

이것만이 정확한 사랑의 형태라는 사랑의 원형이 존재하는지는 모르겠지만 우리는 분명 사랑과 조금 더 가깝거나 먼 감정들을 구별해 낼 수 있다. 다만 그 분별력이 관계의 소멸 이후에 생겨난다는 것이 비극적이지만 말이다. 살다 보면 사랑을 닮은 감정들 사이에서 현기증을 앓기도 한다. 순수와 연민이 사람과 정이 드는 것에는 이롭기도 하지만, 동시에 많은 감정들 사이에서 사랑을 구별해내고 선택하는 것에는 방해가 되기도 한다.

그럼에도 우리는 모두 각자의 믿음으로 각자의 사랑을 한다. 사랑이라고 믿는 감정 안에서 우리는 시각을 잃고 청각 또한 잃기 마련이니까. 이 정도면 사랑이라는 섣부른 단정이 우리의 운명을 뒤바꾸기도 한다. 한순간도 대충 사랑하고 싶지 않다. 끊임없이 사랑이라는 감정에 대해 연구하며 우리가 조금 더 온전해질 수 있는 사랑을 나누고 싶다. 언젠가 사랑의 원형에 조금이나마 가닿을 수 있는 날들이 찾아올진 모르겠지만 그럴 수 있다는 믿음으로 살아간다.

오붓한 고요

먼 훗날 언젠가 나도 아이를 갖게 된다면, 그때는 그 아이가 잠들기 전에 옆에서 꼬박 동화를 읽어주고 싶다는 혼자만의 다짐이 있었다. 그리고 누군가에게 책을 읽어준다는 건, 어느 영화 속에서만 벌어지는 비현실적인 일이라고 생각했다. 현실과 동떨어진 너무도 아름답고 오붓한 광경이기 때문이다. 그런데 요즘 가끔씩 잠 못 이루는 그녀에게 전화기 너머로 책을 읽어준다. 그것도 그날 그녀의 기분에 맞춰서 장르를 고르고, 목소리 톤과 읽는 속도를 바꿔가면서, 오직 단 한 명의 청취자를 위한 라디오 방송을 하듯 호흡을 가다듬고, 천천히 읽어나가기 시작한다. 처음에는 제목을 읽어주는 것조차도 참을 수 없을 만큼 수줍어서 자꾸만 웃음이 터져 나오고, 그녀도 뒤척이며 좀처럼 집중을 하지 못하는 것 같았지만, 본문을 읽어나가기 시작하니, 어느새 그녀의 뒤척임도 사라지고, 나도 더 이상 수줍어하지 않고, 라디오 디제이가 된 것처럼 사뭇 진지한 태도로 책을 읽어나갔다.

한 편의 산문을 읽어주고 있으면 오히려 그녀보다 내가 책의 내용에 집중하게 되는 것을 발견하게 되었고, 그녀 또한 나를 위한 배려인지 글을 읽는 와중에는 전화기 너머로 잡음이 섞여들지 않도록 완벽한 고요를 만들어줬다. 그녀의 일상이 피곤하지 않은 날에는 대략 다섯 편 정도의 산문을, 아니면 녹초가 된 날에는 한편의 산문을 읽어준다. 어떤 날에는 몇 편의 산문을 읽어줘도, 졸음이 섞인 목소리로, 하나만 더, 하면서 간신히 말하는 그녀가 있고, 또 어떤 날에는 한 편의 산문이 끝나기도 전에 쌔근쌔근 잠든 그녀의 숨소리가 있다.

가끔은 그녀가 잠든 것을 알면서도 전화기를 내려놓지 않고, 몇 편의 글을 더 읽어줄 때도 있는데, 아직 깊은 잠에 빠지지 않았을 그녀가 조금이라도 더 내 목소리를 듣고 간밤에 편안하게 잠들 수 있기를 바라는 마음에서다. 물론, 내가 이렇게 낭만적인 순간에 취약하여 혼자서 감상에 빠지는 것일 수도 있지만 말이다. 그녀와 아무리 멀리 떨어져 있어도, 이렇게 전화기를 통해 한 권의 책을 같이 읽어나갈 수 있고, 같은 부분에 심취해서, 그것에서 비롯된 감상과 정서가 우리의 일상의 생김새까지도 비슷한 표정으로 만들어주는 것 같아서, 나는 그녀에게 책을 읽어주는 일을 멈추고 싶지 않다.

선택의 무게

상대방과의 만남에서 생기는 결핍을 다른 상대로부터 채우려는 사람들을 많이 발견하게 된다. 취업 준비생에서 직장인이 되고, 이직을 하고, 그렇게 환경이 바뀌면 어울리는 사람들도 바뀌게 되기 마련이고, 변화된 환경의 특성에 따라 자연스럽게 사람과 사회를 바라보는 눈도 달라진다. 물론, 직업과 환경의 변화와는 상관없이 온전한 자신의 정체성과 마음, 그리고 인연을 소중하게 지켜나가는 사람들도 많지만, 환경은 사람의 마음을 쉽게 흔들어 놓기도 한다. 온갖 화려하고 반짝이는 것들 사이에서 자기만의 빛으로 오롯하게 빛나는 사람을 가려내기란 여간 쉽지 않다. 정신없이 명멸하는 무기력한 일상은 자극적이고 뜨거운 것들의 유혹 앞에서 너무도 연약하다.

당장 내게 편안함과 화려함을 가져다줄 수 있는 매혹적인 상품들, 그것을 보장해 줄 수 있는 사람, 영원히 곁에 머물 것만 같은 재력, 물론, 그것들은 우리가 숨을 거두는 그 순간까지 한시도 변함없이 우리 곁에 머물러 줄 수도 있는 것들이다. 결국은 재력만큼 행복을 잡아두는 방법이 없다는 결론에 이르게 될지라도, 그 결론에 이르게 되는 시기가 한 사람의 삶의 색깔을 좌우하는지도 모른다. 너무 일찍 세상의 속내를 알게 되고, 너무 일찍 눈에 보이지 않는 것들에 연연하지 않게 되고, 너무 일찍 낭만과 사랑에 대한 환상을 잃게 되고, 그렇게 너무 일찍 삶의 많은 부분들을 세상에 내어주게 되고, 무엇을 잃어가는지조차 알 수 없게 되는 건 아닐까.

잃어가고 있는 것이 자신의 삶에서 소중하지 않다면, 눈에 보이는 확실한 것들만 좇는 것이 가장 탁월한 삶의 방식이 될 수도 있다. 눈에 보이지 않는 상대방의 마음의 생김새나, 생각의 깊이나, 감성의 근육이나, 꿈에 대한 열망 같은 것들은 사실 우리가 믿고 있거나 믿고 싶은, 우리 내면에 만들어진 이미지에 불과하지 않은가. 그럼에도 그런 것들에 자신의 삶을 기꺼이 내어주는 사람들의 존재는 어떤 방식으로 표현해야 적당할까. 삶의 모든 순간은 선택의 연속이고, 그 선택은 많은 변화를 가져온다. 선택이란 하나의 선택 이외의 모든 것을 포기하는 일종의 도박과도 같은 게임이기 때문에, 선택의 결과에서 비롯된 모든 책임도 자신에게로 향한다는 것을 언제나 염두에 두어야 한다.

수많은 사람 중에 우리가 서로를 선택한 것도, 서로를 선택할 수밖에 없었던 것도, 서로를 제외한 모든 이성과의 가능성을 포기하는 것이다. 그만큼 신중한 선택으로 시작된 인연을 주어진 시간 동안 건강하게 지켜나가는 것도 결국 우리의 몫이다. 타인의 시선에 우리의 선택이 옳고 그르다거나, 낭만적이거나 현실적이라거나, 그 어떤 일그러진 모습일지라도 그런 것들은 정작 중요한 문제가 아니다. 우리가 우리의 신중했던 선택에 비겁하거나 비참한 뒷모습을 보여주지 않으려는 의지와 태도가, 후회가 자라날 수 있는 틈을 사랑으로 메꾼다.

취급주의

눈을 뜨고 거실로 걸어 나오다가 순간 비명을 질렀다. 발바닥 한가운데 날카로운 유리조각이 박힌 것이다. 조금은 커다란 조각이었는지 선명한 피가 한동안 멈추지 않고 흘렀다. 얼른 구급상자를 열어 밴드와 연고로 응급조치를 해두긴 했지만 통증의 쓰라림이 얼마간은 지속될 것이라 생각했다.

며칠 전 거울이 바닥에 떨어져 산산조각이 났다. 그 순간 한 발짝도 움직이지 못하고 그 자리에 잠시 동안 얼어붙어 있었다. 조금이라도 움직였다가는 맨발에 날카로운 유리조각이 박힐 것 같은 긴장감에 온 신경이 곤두섰다. 까치발을 들고 간신히 운동화로 발을 숨기고 돌아와 청소기와 테이프로 유리조각을 긴 시간 동안 꼼꼼하게 정리를 했다. 그런데도 오늘 아침 다 사라진 줄 알았던 유리 조각이 내 발을 뚫고 들어와 기어이 상처를 냈다. 정리가 꼼꼼하지 못했던 탓이라고 여기기에는 아무리 생각해도 그 이상 더 꼼꼼할 수는 없었다. 도대체 어디에 유리 조각이 남아있었던 걸까. 요즘 들어 되는 일이 참 없다는 생각에 자꾸만 화가 났다. 그녀와 사소한 다툼으로 이별을 한 뒤로 일상에 점점 더 무감각해지고 있다. 사랑까지 도달한 관계라고 믿었는데 한순간의 오해와 욕심으로 이렇게 끝을 마주하게 되니 간신히 극복했던 사랑에 대한 회의주의가 되살아나는 것 같았다.

사랑이 깨지는 건 마치 거울이 깨지는 것과도 같아서, 사건이 발생하면 당분간 그 자리에서 꼼짝도 못 하고 멈춰있게 된다. 한 발짝만 움직여도 나 자신이 산산조각 날 것 같아서, 사랑이 깨진 그 자리에서 한 달을, 혹은 몇 달이나 몇 년까지도 삶이 앞으로 나아가지 못한다. 깨진 거울의 유리조각을 아무리 주워 담아도 언젠가 미처 주워 담지 못한 조각 하나가 내 발에 생채기를 내는 것처럼, 사랑의 파편 또한 꼼꼼히 쓸어 담는다 해도 이제는 괜찮을 거라며 방심하는 순간 또다시 내 발을 뚫고 들어와 나를 영원히 그 사건의 장소에 묶어둔다. 사랑이 파편이 된 장소에 나는 한참을 주저앉았다. 피가 배어 나와 붉게 물든 밴드를 바라보며 왠지 모르게 사랑이 남기고 간 것이 이것뿐이라는 생각에 휩싸였다. 우리가 행복이었을 때 가끔씩 이유 없이 불안했던 까닭은 바로 데자뷔처럼 지금과 같은 이별의 모습이 자꾸만 떠올랐기 때문은 아니었을까. 우리의 끝이 정해져 있었다 할지라도 그 불안이 우리의 사랑을 집어삼켰던 건 아니었는데 우리에게 도대체 무슨 일이 일어났던 걸까.

사건은 언제나 갑작스럽게 발생하고, 이미 발생한 사건은 다시는 돌이킬 수 없다. 그리고 우리의 삶은 사건 이전과는 절대로 똑같게 흘러갈 수 없을 것이다. 수 천 개의 조각으로 깨져버린 사랑을 원래대로 돌려놓을 수 없듯이 우리도 이제는 잠시 머물렀던 그 자리로 돌아가지 못하고 새로운 날들을 살아가야 한다. 언젠가 또 다른 사랑이 찾아온다면 그때는 바닥에 떨어뜨려 깨지는 일이 없도록 조금 더 세심한 사람이 되고 싶다는 다짐을 하면서. 붉게 물든 밴드를 새것으로 갈아붙인다.

이별을 외면하는 태도

예전에는 이별이 찾아오면 나의 모든 신경을 집중해 그것을 해부하고 분석하며 나의 연애가 앞으로는 조금이나마 더 발전할 수 있길 발버둥 치곤했다. 그런데 언젠가부터 나는 더 이상 이별에 대해 침잠하려 하지 않는다. 나 역시도 그것에 대한 까닭은 모르겠다. 다만 짐작을 해보자면 연애와 이별의 과정이 자꾸만 반복되면서 그것 자체에 대한 허무에 빠졌기 때문일 수도 있고 혹은 점점 더 비열해지는 나 자신의 본모습을 직시할 자신이 없어진 것일 수도 있다. 그래서 차라리 이별이라는 거대한 사건 자체를 애써 외면해 버리는 것인지도 모른다.

사랑의 감정에 이르는 연애도 있지만 그것에 차마 닿지 못하는 연애도 많다. 하지만 사랑에 닿지 못했다고 해서 우리의 만남과 연애가 무의미하고 소모적인 시간 낭비가 되는 것은 아니라고 본다. 사랑이라는 감정은 애초부터 희귀하기 마련인데 다만 사람들은 무심코 사랑한다는 말로 자신의 빅찬 감정을 너무도 일찍 표현하기 시작한다. 자신이 갖고 있는 감정이 사랑인지 성취감인지 혹은 질투나 열등감에서 파생된 일그러진 감정인지도 모르는 채로 말이다. 그래서 사랑한다는 말을 무작정 표현하게 되면 우리는 서로를 속이는 것뿐만 아니라 심지어는 자기 자신까지 속이게 되는 것이다. 이 정도면 사랑의 감정에 닿은 것 같아서, 그 말과 함께 사랑을 시작하고 싶어서, 상대방이 그 말을 듣고 싶어 하는 까닭에 우리는 하루에도 몇 번씩 그 사람에게 사랑한다는 말을 건넨다. 습관처럼 건조한 음성으로 하루를 시작하고 마무리하는 인사처럼 그렇게 사랑의 언어가 소모된다. 사랑한다는 말은 연애에 있어서 커다란 동력이 된다고 할 수 있지만 그러면서도 매끄러운 연애를 위해서 사랑한다는 말을 무기로 사용하게 된다면 우리는 그 말에 담긴 의미를 포착하지 못하고 사랑과 사랑의 언어에 대한 허무에 빠지게 될 것이다.

그렇게 다시 이별이 찾아온다. 예전과 정확하게 똑같은 모습으로 찾아와 나의 삶을 과거와 현재로 잔인하게 갈라놓는다. 생각은 일부러 사고 지점을 피해 가며 결코 그곳에서 머무르지 않는다. 이별을 한동안 간직하려던 순수한 마음은 온데간데없고 이제는 재빨리 나의 신경을 다른 곳에 몰두하게 만든다. 그렇지 않으면 내 곁에는 허무만이 함께 할 것이고, 그 늪에 빠져 자꾸만 가라앉게 될 것이기 때문이다. 이 비극적인 반복의 띠는 언제까지 지속되며 나를 고통스럽게 할 것인가. 나는 그 사람을 잊고 싶어서 이별을 외면하는 게 아니라 다만 허무에 사로

잡힌 나를 감당할 수 없기 때문에 애써 그것과 마주하는 길을 비껴간다. 사랑까지 닿을 수 있는 인연이 내게도 여전히 남아있을까.

바람이 불어오지 않는 계절은 없다. 바람은 날마다 불어오고, 사람은 각자가 감당할 수 있는 만큼 그 바람을 감당한다. 불어올 때마다 휩쓸리기도 하고, 대책도 없이 정면으로 맞서기도 하며, 유연하게 몸을 틀어 흘려보내기도 한다. 사람의 마음이 바람의 방향이나 속도에 관여할 수는 없겠지만, 적어도 이 계절에 불어오는 바람도 금세 흘러갈 흐름이라는 것을 알고 있는 초연함이, 사람을 바람 앞에서도 흔들리지 않게 한다.

추억의 이면

추억은 대부분 사람과 연관되어 있다. 사람이 없는 풍경도 충분할 수 있겠지만, 개인적으로는 추억 속에 사람이 없다면 충만과는 거리가 조금 멀어진다. 어린 시절에 살던 동네의 골목길이 자꾸만 떠오르는 건 그 시절 함께 했던 소꿉친구들과 날마다 그곳에서 공놀이를 하고, 자전거를 타며 해가 떨어지는지도 모르고 놀았던 기억이 너무도 선명하게 남았기 때문일 것이고, 고속버스정류장을 찾을 때면 언제나 내가 탄 버스가 사라질 때까지 멀리서 손을 흔들어주던 옛 친구가 서 있던 플랫폼이 섬망처럼 떠오르는 까닭은 그때의 장면이 기억 속에 너무도 깊숙하게 각인되어 있기 때문일 것이다.

유년시절의 우정이나 연인과의 사랑에 대한 추억이 아닐지라도, 가족과의 소소하고 단란했던 시간들은 언제까지나 잊지 않고 간직하고 싶은 순간들이다. 비 내리는 날 우산을 쓰고 엄마의 품을 꼭 안은 채 강가를 걷던 아름다운 순간, 야구장의 인파 속에서 어떻게든 나를 잃어버리지 않으려고 내 손이 아플 정도로 꼭 잡고 걷을 때의 아빠의 진지한 표정, 치매에 모든 정신을 내어줬을지라도 오로지 내 이름만은 기억하고 안아줬던 병상 위의 할머니의 모습을 비롯한 수많은 순간들. 분명히 시간이 지날수록 선명해지는 모습들도 존재한다. 하지만 살아가면서 기억과 추억의 선명함이 행복과 비례하는가에 대해서는 끊임없이 의문을 품는다. 물론, 돌아갈 수 없기에 더욱 값지고 아름다운 시절도 있겠지만, 돌아갈 수 없기 때문에 하염없이 슬픈 시절도 있지 않을까. 엄마와 해가 질 때까지 함께 강둑을 걸었던 추억이 이제는 엄마의 건강이 악화되어 한 번만이라도 다시 함께 걷는 것이 소원이 되었고, 햇볕에 그을린 멋스러운 피부의 아빠도 이제는 근심이 가득한 주름진 얼굴을 갖게 되었다.

시대의 지성인 노학자 이어령 선생님은 인터뷰에서 이렇게 말했다.

'젊은이들의 가장 큰 실수는 자신은 늙지 않는다고 생각하는 것이다. 젊은이는 늙고, 늙은이는 죽는다. 누구든 죽음은 피할 수 없다'

당연한 명제겠지만 저 말은 언제나 가슴에 품고 살아가는 사람은 많지 않을 것이다. 과거의 행복을 현재의 노화나 병세에 비교하는 것만큼 부질없는 일도 없겠지만, 자연스레 그 커다란 변화와 차이 앞에서 마음이 무너지는 것을 단번에 막아낼 방법도 없다.

어쩌면 나는 잘못 생각했던 것이다. 추억은 오직 사람을 계속 나아가게 하는 따뜻한 연료라고만 생각했는데 때로는 돌아갈 수 없어 추억으로만 남게 된 기억이 사람을 무너뜨린다. 그때의 추억은 연료가 아니라 차가운 독주와도 같아서 정신을 흐트러뜨리고, 발걸음을 꼬이게 만든다. 어쩔 수 없는 일이라고 하여 순순히 받아들일 수 있는 사람이 얼마나 될까. 시간의 흐름과 과거의 후회 앞에서 현재의 나는 터무니없이 연약하고 무력하다. 추억의 이면은 고통이라는 사실을 너무도 늦게 깨달아간다. 하지만 그럼에도 추억이 없는 삶이란 얼마나 두려운 세계일까.

언젠가 비가 데려오는 냄새를 좋아한다고 쓴 적이 있다. 정확히 말하자면 '빗물을 머금고 올라오는' 흙냄새를 좋아한다고, 그녀가 내게 해준 말이었다. 세상에는 이런 식으로 말하는 사람도 있구나,라고 마음에 메모를 남긴 날이었다. 세월이 많이도 흘렀고, 많은 것들이 변했다. 계절마다 비는 내렸고, 여전히 이곳에서 거리를 내려다본다. 비는 세상을 슬로우 모션처럼 만드는 것인지, 바쁜 세상이 비를 가져서 여유를 되찾은 건지. 가끔은 이 높은 곳까지 '빗물을 머금은 흙냄새'가 전해지기도 한다. 세상에는 그런 식으로 말하던 사람도 있었고, 나는 조금 더 비를 그리워하며 살아간다.

나를 기억하고 있는 너에게

이별하면 눈물 대신 헛구역질이 나왔다. 반복되는 관계의 허무함에서 비롯된 환멸이었을까. 멀어지는 너를 바라보며 나는 연신 내 속에 남아있던 사랑의 말들을 게워냈다. 이제는 내가 했던 말이었는지도 기억나지 않을 만큼 오래된, 하지만 분명히 언젠가의 내가 너에게 했던 말들을. 바닥에 쏟아진 사랑의 말들은 더 이상 예전처럼 반짝거리지 않았다. 온갖 찌꺼기가 묻어 더럽혀진 모습으로 간신히 헐떡거리며 마지막 숨을 몰아쉬고 있었다.

언젠가 우리의 입에서 태어난 말들이 전부 보석 같다는 생각을 하던 때가 있었다. 예쁜 말에는 꽃이 핀다는 말처럼 우리의 마음에서 태어난 모든 말들이 꽃이 되어 우리의 사랑을 향긋하게 감싸주곤 했다. 세상에는 애초부터 좋은 향기가 나는 마음도 있다는 것을 그때 처음으로 깨달았다. 사랑의 말들이 만개하던 시절, 우리는 우리가 만든 꽃들에 둘러싸여 황홀한 날들을 보냈다. 그때의 우리는 아마도 꽃향기에 만취해 있었던 게 아닐까. 우리는 예쁜 말이 가져다주는 근사함을 지나치게 믿고 있었다. 관계에 있어서 어떤 위기가 찾아오더라도 말만 예쁘게 한다면 어떻게 해서든 이겨낼 수 있을 것이라고 믿었던 걸까. 물론 예쁜 말에는 꽃이 필 수도 있지만, 그 꽃만으로는 관계를 유지할 수 없는 것도 사실이니까. 꽃향기에 취해있을 때 방심이 날아들었다. 우리는 서로의 마음에 남들보다 가깝게 밀착되어 있다는 믿음이, 서로에게 노력을 조금 덜 해도 된다는 오만이 되었다.

꽃이 서서히 시들어가고 있었는데 우리는 그것을 바라보면서도 아무것도 할 수 없었다. 시들어가는 이유를 알지 못해 관계의 소멸을 가만히 지켜볼 수밖에 없었다. 사실 우리는 아무것도 할 수 없었던 게 아니라 아무것도 하지 않았던 것이다. 타고난 마음의 온도와 우리가 만난 인연의 타이밍에 감사하기만 했을 뿐 관계를 위한 그 이상의 어떤 노력도 하지 않았다. 운명 같은 사람을 만나게 된 행운이 주어졌을 뿐 그런 사람을 곁에 둘 그릇은 준비되지 않았던 걸까. 예쁜 꽃은 예쁜 말로만 유지되는 게 아니었다. 햇빛과 수분, 습도, 그리고 토양의 성분까지 적절하게 조화를 이루어야 비로소 오래도록 만개할 수 있는 것이었다. 그런데 나는 어쩌다 운 좋게 피어난 예쁜 꽃 앞에서 아무런 노력도 하지 않고, 오래오래 예쁘게 피어있으라는 바보 같은 기도만 했던 것이다. 따뜻한 마음도, 아름다운 언어도, 그것을 품을 수 있는 행동이 없다면 관계의 소멸을 막아낼 수 없다. 이제 우리가 게워낸 사랑의 말들은 잔영으로라도 서로의 곁에 머물게 될까 아니면 완전히 사라져 언제까지나 공중을 부유하게 될까. 어쩌면 관계의 허무도 내가 스스로 자처한 감옥살이 같은 건 아니었을까. 아무런 행동도 하지 않으면서 감옥 문이 열리기만을 기다리는 바보 같은 기도가 아니었을까. 내 손에 열쇠를 쥐고 있으면서도 아무것도 하지 않았던 그때의 나를, 지금의 너는 어떻게 기억하고 있을까.

외딴 섬

광활한 바다 위에 외딴섬이 있다. 언제까지나 자신만이 세상에 존재하는 유일한 섬인 줄 알았던 그 외딴섬은, 어느 날 문득 수평선 너머로 어렴풋하게 보이는 또 하나의 낯선 섬을 발견하게 된다. 햇살이 바다에 닿자마자 윤슬이 되어 눈부시게 반짝거리고, 낙조가 하늘을 몽환적인 색으로 수놓는 바람에 저만치 너머로 보이는 낯선 섬이 환영이라고 믿었다. 하지만 하루가 지날수록 낯선 섬은 조금씩 더 선명해졌고, 어느새 낯선 섬은 자신의 바로 옆으로 성큼 다가와 있었다. 마치 어제부터 옆에 있었던 것처럼, 그리고 내일도 여전히 옆에 있을 것처럼 자연스럽게.

그들은 서로를 멀리서 몰래, 하지만 분명하게 훑어보기 시작했다. 하늘이 태양을 가득 머금고 밝아지는 낮에도, 우주가 하늘에 성큼 내려앉은 밤에도. 그들은 갑자기 나타난 서로를 관찰하느라 여념이 없었다. 하루는 볼수록 닮은 것 같다가도, 또 하루는 볼수록 다른 것처럼 느껴졌다. 두 개의 섬에 꾸려진 울창한 숲과, 툭 튀어나온 바위와, 곳곳에 흐르고 있는 계곡의 곡선까지도. 그들은 너무도 닮아있었다. 하지만 바람이 나부낄 때면 그들은 서로 다른 모습으로 움츠렸고, 비가 내릴 때면 한쪽은 생기를 띄는 반면 다른 한쪽은 시들어갔고, 그리고 계절이 변할 때면 한쪽은 누구보다 빠르게 옷을 바꿔 입었지만, 다른 한쪽은 여전히 새로 찾아온 계절에 적응하지 못하고 예전의 옷을 그대로 입고 있었다. 그들은 서로의 곁에 머무르고 있었지만 아직 단 한 번도 서로를 자신의 섬으로 초대하거나 초대받은 적이 없었다. 서로를 향한 궁금함이 참을 수 없는 만큼 커다래졌을 때 외딴섬은 마음속으로 결심을 했다. 낯선 섬에 한번 건너가보고 싶다고. 텔레파시라도 통했던 걸까. 낯선 섬도 이제는 외딴섬에게 서서히 다가가보고 싶다는 마음이 들었다. 하지만 그들이 품은 서로를 향한 마음의 깊이와는 관계없이 서로에게 건너갈 수 있는 방법이 없었다. 섬은 심해의 깊은 곳에 뿌리내려 있을 뿐 갈망한다 하여 움직일 수는 없었다. 그들이 할 수 있는 것은 오직 멀찌감치 떨어진 채 서로를 하염없이 바라보는 것 말고는 없었다.

그러다 기발한 생각이 들었다. 혹시 자신들의 섬에 자라난 나무와 바위를 뽑아 앞바다로 계속해서 던지다 보면 언젠가는 서로에게 건너갈 수 있는 다리가 만들어지지 않을까. 그렇게 되면 자신들의 섬에 살고 있는 동물이나 식물들이 서서히 자유롭게 오가며 머지않아 우리도 서로에게 완벽하게 닿을 수 있게 되지 않을까. 그날부터 그들은 매일 자신의 몸에서 나무를 뽑아 앞바다에 던져 넣기 시작했다. 죽지도 않은 나무를 뿌리째 뽑을 때마다 참을 수 없는 고통이 이루 말할 수 없었지만, 고통보다 서로에 대한 마음의 크기가 훨씬 깊었기에 그들은 마취에 취한 것처럼 계속해서 나무를 뽑아 던졌다. 시간이 흐를수록 그들은 생각했다. 왜 이런 고통을 참으면서까지 서로에게 닿으려 하는 것일까. 하지만 왜 우리는 이것을 멈출 수가 없을까. 분명한 사실은 단 한 번도 서로에게 완벽하게 닿고 싶다는 간절한 희망을 멈춘 적이 없다는 것이었다.

희망이 서서히 현실이 된 것일까. 그들을 가르고 있는 바다의 표면 위로 나무다리가 모습을 드러내기 시작했다. 그동안 제 몸 상하는 줄도 모르고 열심히 자신의 몸에서 뽑아낸 나무들의 흔적이었다. 드디어 서로의 섬에 살고 있던 동물들이 다리를 건너 그토록 바라던 서로의 섬에 건너갈 수 있었고, 식물들은 나무다리를 넝쿨로 감싸며 천천히 두 개의 섬을 하나의 섬으로 만들어가기 시작했다. 두 개의 섬을 자유롭게 오가는 동물들이 각각 섬의 풍경들에 대해 그들에게 설명해 줬지만, 정작 섬 자신들은 깊은 바다에 못 박힌 채로 서로에게 건너갈 수 없었다. 분명히 서로가 연결되어 있음에도 여전히 소식만 전해 들을 뿐 서로 닿을 수 없다는 사실이 그들을 허무하게 만들었다. 그들은 여전히 서로가 외딴섬이었고, 서로에게 낯선 섬이었다. 그 사실은 또다시 낮과 밤이 지나고,

계절이 바뀌어도 변하지 않았다. 밤하늘을 수놓는 찬란한 별들도, 날마다 생김새를 바꾸는 구름들도, 하나의 섬으로 연결된 그들의 모습을 내려다보며 흐뭇하게 미소만 지었다. 간절한 소망이 드디어 이뤄졌다고 그들을 축하해 주는 일에 여념이 없었다. 아무것도 모르면서, 아무리 노력해도 닿을 수 없는 그들의 속 사정도 모르면서.

연애는 두 개의 외딴섬 사이에 다리를 놓는 일이 아닐까. 오직 자신만이 유일한 섬인 줄 알았던 세상에서 또 하나의 외딴섬을 발견하고, 그곳으로 건너가려 하는 일이고, 서로의 섬에 심어진 감정의 나무를 한 움큼씩 뽑아내 서로를 잇는 다리가 될 때까지 서로에게 하염없이 던져보는 고통스럽고 소모적인 일일지도 모른다. 하지만 그러면서도 멈출 수 없는 이상한 일이고, 멈췄다고 생각했을 때조차도 계속해서 다리를 건너고 있는 비현실적인 일이기도 하다. 두 개의 섬을 연결하는 다리의 유무와는 관계없이, 건널 수 있어도 하나가 될 수 없기도 하고, 건너지 않아도 하나가 될 수도 있는, 바로 이것만이 정답이라고 말할 수 없는, 세상에서 가장 모순적인 과제, 그것이 바로 연애와 사랑이 아닐까.

외딴섬과 낯선 섬은 여전히 서로를 멀리서 바라보고 있다. 당신에게 연결되고자 이렇게 내 마음은 뽑혀나갔지만, 그럼에도, 우리는 서로를 바라볼 수밖에 없는 존재들이라는 생각을 하면서, 그렇게 하염없이, 언제까지나,

다리를 건너 완벽한 하나가 될 수 있다는 의지의 믿음으로. 오늘도 낙조에 물든 서로의 모습에 잠기고 있다. 하지만 그들은 절대 알지 못할 것이다. 누가 뭐래도 그들은 이미 정확하게 연결된 하나의 섬이 되었다는 것을, 다시는 떨어질 수 없는 완전한 모습의 섬이 되었다는 사실을, 언젠가 서로를 잃고 상실감에 휩싸이기 전까지는 그들은 도무지 깨달을 수 없게 될 것이다. 이런 모습이었지만 이게 바로 사랑이었다는 사실을.

우리가 만들어낸 사랑

더 이상 예전처럼 누군가와 사랑에 흠뻑 빠지기란 힘들 것 같다는 생각을 한다. 이것은 단지 세월이 흐르고, 나이가 들어간다는 핑계에 덮어씌울 수만은 없는 중대한 변화, 아니 퇴화와도 같은 것이다. 어쩌면 사랑을 멈출 수 없는 병을 앓았던 내게 쓸쓸하게 남겨진 후유증 같은 것인지도 모르겠다. 사랑과 이별을 반복하다 보니 많은 부분들에서 식상함을 느끼게 되고, 그것들은 나를 관통하지 못하고 계속해서 나와는 상관없는 것처럼 내 주위만 맴돌다 결국 비껴가고야 만다.

어째서 나로부터 태어난 사랑이 어미를 져버리는 자식처럼 자꾸만 내 곁에서 홀연히 멀어지는가. 물론 내게서 만들어진 사랑이라고 해서 언제까지나 내 곁에 머물며 배신하지 않을 것이라는 믿음은 맹신에 가깝다. 우리는 사랑을 낳고 돌볼 뿐 책임질 수는 없다. 오히려 책임지려할수록 사랑은 우리에게서 서서히 멀어지다 끝내 자취를 감춘다. 어떤 상황에서든 내가 한 일임을 인정하는 태도를 책임감이라고 부른다. 그렇다면 사랑이 모습을 변하려 할 때마저 그것 또한 우리의 책임이라는 죄책감마저 떠안으려는 마음이 오히려 우리를 사랑에 가닿을 수 없게 만드는 것인지도 모른다. 사랑을 무작위로 풀어놓자는 말이 아니다. 다만 우리가 부족해서 사랑이 떠나갈지도 모른다는 강박만큼은 털어버렸으면 하는 마음이다. 돌보는 것과 책임진다는 것은 엄연히 다른 것이다. 결국 다 똑같은 사랑처럼 보여도 들여다볼수록 얽히고설킨 것들이 천차만별인 것이 사랑의 실체이다.

우리가 사랑을 만들었으니 이 사랑은 우리에게 종속되어야만 한다는 말은 계절을 가둬두려는 마음처럼 잔인하다. 흘러가는 강물과 날아가는 바람은 결코 한곳에 머물지 않는다. 그것들의 타고난 속성은 정박이 아니라 떠남이다. 물론 흘러가는 것들을 잡아두려는 애달픈 마음을 모르는 것은 아니지만, 설령 그게 가능하다 한들 그것은 어쩌면 머무르는 것이 아니라 가둬두는 것일지도 모른다. 새장이 넓어야 그 안에서 새들이 자유롭게 날아다닐 수 있다는 말이 있다. 설령 언제나 문이 열려있어도 그들은 좀처럼 밖으로 날아가야 할 필요를 느끼지 못할 것이다. 자유가 방종은 아니듯 집착하지 않는 것과 경계없이 날아가는 것 사이에는 좁지만 깊숙한 세계가 있다는 것을 알아간다.

2부

영원한 산책

엄마의 손을 잡고 힘겹게 길을 나선다. 세 달 만에 잡아보는 엄마의 손은 이전보다 한줌 더 작아진 채로 야위어 있었다. 시간이 흐를수록 서울에서 대학교를 졸업하고 또 서울에서 직장을 다니면서 본가에 들르는 횟수가 눈에 띄게 줄어들었다. 물론 마음만 먹으면 반나절 시간을 내서 다녀올 수 있는 거리였지만 나는 어쩐지 자꾸만 바쁘다는 핑계를 대며 서울에 머물러 있었다. 본가에 들를 때마다 점점 더 야위어 가는 엄마의 모습을 바라보면서 내가 이럴 때가 아니라는 생각이 자꾸만 들었다. 그래서 오래전부터 본가에 들를 때마다 나는 엄마와 산책을 나서기 시작했다. 산책은 엄마가 할 수 있는 유일한 운동이자 아들과의 서먹한 사이를 대화로 자연스레 녹여주는 수단이기도 했기 때문이다. 긴 시간 동안 산책을 하다 보면 우리의 대화는 과거를 짊어지고 현재와 미래에 다다르게 되는데 자꾸만 세월이 흐를수록 미래보단 과거로 끊임없이 파고든다. 아마도 지나간 시절에 엄마의 건강이 훨씬 더 온전했었고, 우리 가족이 함께 할 수 있었던 시간이 더 많았기 때문일 것이다. 그리고 우리 가족이 엄마의 건강 문제로 예측할 수 없는 미래에 대한 이야기에 대해서는 자연스레 꺼리게 되었기 때문인지도 모른다.

언젠가 엄마와 함께 산책을 나선다는 것이 세상에서 가장 민망한 일이라고 여겼던 시절이 있었다. 다 큰 아들이 엄마와 단둘이 손을 잡고 걷는다는 것은 또래 아이들의 놀림감이 되거나 마마보이로 보이기 십상이라고 믿었던 것이고, 더군다나 엄마에게 속마음을 꺼내 보여주는 일이란 여간 어려운 일이 아니었기 때문이다. 하지만 엄마의 건강이 악화되기 시작하면서 고작 몇 달에 한 번씩 본가에 들르는 내가 앞으로 정확히 몇 번이나 엄마의 손을 맞잡을 수 있을지 확신할 수 없어지면서부터 나는 더 이상 엄마와의 산책을 부끄럽다고 여기지 않는다. 오히려 어떻게든 시간을 내서 엄마와 함께 시간을 공유하고 싶은 아들로서의 도리이자 마음속에 잠들어있던 어린 소년의 엄마를 향한 맹목적인 의지와 사랑이 깨어난 것이다. 산책을 시작하고 몇 분도 채 지나지 않아 엄마의 숨소리가 가빠 온다. 나는 엄마의 줄어드는 보폭을 맞추며 모든 신경을 그녀에게 집중한다. 조금 더 걸을 수 있을까 아니면 여기서 다시 돌아가야 할까. 오늘의 산책이 오로지 운동의 목적이었다면 아마 우리는 되돌아갔을 테지만 우리의 목적은 운동이 아닌 엄마와 아들 사이의 조촐한 데이트였던 것이다. 그래서 우리는 서로의 손을 더욱 힘껏 잡고 한 걸음씩 천천히 계속해서 내딛기 시작했다.

어쩐지 엄마가 아기가 된 것 같다는 생각을 했다. 나도 모르는 사이 이제는 내가 그녀의 철저한 보호자가 되어야만 하는 시기가 찾아온 것이다. 아마도 누구에게나 이런 시기가 불현듯 찾아오는 게 아닐까. 나는 여전히 어른이 될 준비를 마치지도 못했는데 이제는 부모님과 나의 역할이 완전하게 뒤바뀌게 되는 시기 말이다. 삶의 매 순간마다 어떤 것에 완벽하게 대비할 수 있다는 건 인간의 착각에 불과하고, 다만 막상 닥친 뒤에야 서둘러 뒤쫓아 가보는 것만이 우리가 할 수 있는 전부가 아닐까. 나는 서둘러 엄마의 든든한 보호자의 역할이 되고 싶다. 물론 엄마는 지금보다 훨씬 더 약해지는 한이 있더라도 언제까지나 세상에서 가장 강한 여자처럼 나를 대하겠지만, 이제는 내가, 그녀가 오랜 세월 동안 나에게 해줬던 역할을 따라 해보려 한다. 엄마는 산책을 하면서도 내가 휴대폰에 담아준 노래들을 은은하게 틀어놓고 고통을 이겨낸다. 이전에 병원에 오랫동안 입원했을 때도 내가 선곡해 준 노래들로 잠 못 이루는 밤들을 간신히 견뎌냈다고 했다. 엄마는 어째서 아직도 이렇게 소녀처럼 세상을 여리게만 살아가고 있는 걸까. 세상에서 가장 깨지기 쉬운 마음을 간직하고 있는 사람이 있다면 그것이 바로 나의 엄마일 것이다.

엄마는 언제나 내가 외롭지 않았으면 좋겠다고 말한다. 나를 두고 혼자 떠나더라도 내 곁에 짝이 있는 모습을 보고 떠나는 것과 그렇지 않은 것에는 거대한 차이가 있다는 것이다. 마음 두고 홀연히 떠날 수 있다는 말이겠지만, 자꾸만 마지막 인사처럼 들려오는 엄마의 말들에 나는 쉽사리 아무 대답도 할 수가 없다. 답답한 마음에 하늘을 올려다보니 이제 슬슬 산책로에도 단풍이 들려 한다. 엄마는 내 시선을 따라 같은 하늘을 올려다본다. 그러더니 덤덤하게 허공에 대고 한숨처럼 말을 꺼낸다. 이제 시간이 얼마 없다는 것을 아니까 아프더라도 아들이랑 여기저기 많이 돌아다녀 봤으면 좋겠다고, 그렇게 엷은 미소를 짓는다.

언젠가부터는 엄마와 함께 나서는 오늘의 산책이 어쩌면 마지막이 될지도 모른다는 생각을 한다. 그래서 엄마의 보폭에 맞춰 한없이 여리고 느리게 산책을 하면서도 나는 필사적으로 이 순간을 온몸에 새겨두려 발버둥을 친다. 마주 잡은 두 손과, 같이 걷는 이 길을 사진으로 남겨두고, 엄마의 작아진 손의 온기와 감촉을 영영 간직하려 더욱 꼭 잡아본다. 어떻게든 이 순간의 기억을 영원히 봉인하고 싶은 간절한 마음과 모든 것을 간직할 수는 없다는 삶의 진리가 첨예하게 대립한다. 나는 엄마와의 산책이 조금 더 길어지길, 그리고 우리 가족이 다시 한번 나란히 이야기를 나누며 오래도록 산책을 이어갈 수 있는 희망이 깃들길 간절히 기도한다. 어쩔 수 없는 일들이 분명 있지만 아직은, 아직은 당신을 보내드릴 수가 없다.

전동성당을 떠올리며

'첫눈이 구름같이 내렸고 발걸음은 구름 위에 문양을 새겼다. 낯선 도시에서 엉겁결에 마주친 첫눈 앞에서 나는 정처 없을 뿐이었다. 풍경은 아름다웠고 영하의 날씨조차 근사했다.'

지금으로부터 3년 전 겨울에 남겨놓은 메모다. 뜻밖의 얻은 휴가에 가족들과 처음으로 전주에 갔었는데 갑작스레 폭설이 내려 여러모로 애를 먹었던 것으로 기억한다. 시간이 많이 흐른 지금, 우리 가족은 이때의 추억을 연료로 살아가고 있다. 폭설이 내리던 그날이 얼마나 값진 순간이었는지 그때는 알지 못했다. 언제든 마음만 먹으면 만들 수 있는 흔한 순간이라고 생각했던 것이다. 지금은 그날에 좀 더 깊숙한 의미를 두지 못했던 내가 너무도 한심하게 느껴진다. 나는 풍경에 몰입하기보단 가족과 함께 남긴 눈 위에 새겨진 발자국의 모양새와 눈꽃이 깨운 서로의 동심 어린 표정들에 더욱 잠겼어야만 했다. 어떤 아름다운 순간도 영원할 것이라고 믿진 않는다.

모든 것은 지나가기 마련이라는 말은 슬픔에만 해당되는 말이 아닌 행복에도 공평하게 적용되는 말인데 우리는 제멋대로 그것을 받아들인다. 마치 슬픈 일만 모두 지나갈 것이고, 행복한 일들은 영원히 우리에게 머물게 될 것처럼 말이다. 우리가 당연하게 여기고 있는 모든 것들이 결국은 소멸되기 마련이다. 그렇기 때문에 애초부터 다 부질없다는 회의적인 말이 아니다. 영원히 지속되는 순간은 존재하지 않기에 우리는 지금의 이 순간을 최대한 붙잡아둬야 한다는 것이다. 소중하거나 혹은 소중하게 될 순간을 마주하게 된다면 우리는 이 순간을 뚫어버릴 것처럼 몰두해야 한다. 그래야만이 우리는 놓칠 수 없는 순간들을 조금이나마 더 연명시킬 수 있다. 그럼에도 나는, 저 순간이 부디 영원하길 바란다. 우리에게 희망이 깃들길 바란다.

엄마를 두고 떠난다

병실에 누워있는 엄마를 두고 비행을 떠난다. 아빠가 엄마의 옆에서 한시도 떨어지질 않을 만큼 절대적인 보호자 역할을 해주고 있지만 멀리 떠나려니 마음이 이렇게 무거울 수가 없다. 심지어 내일은 엄마의 수술이 예정되어 있는 날이다. 엄마의 통증의 원인을 발견하려는 마지막 시도로 복강경 수술을 받게 된 것이다. 수술 자체는 어렵지 않지만 엄마의 체력이 문제였다. 엄마도 자신의 체력을 알기 때문에 절대로 전신마취는 하지 않고 치료를 받아왔다. 혹시나 깨어나지 못할 수도 있다는 우려였다. 하지만 이번에는 전신마취를 할 수밖에 없는 상황에 이르자 엄마는 자꾸만 작아졌다. 엄마는 사람 일이라는 것은 절대로 모르는 것이라며 재차 마지막 말들을 남기려 했다. 아들이 외롭지 않게 살았으면 좋겠어. 아빠 건강을 조금 보살펴 드리면 좋겠어. 나는 눈시울이 붉어져 더는 들을 수 없어 엄마의 말을 가로막았다. 아주 간단한 수술이라고, 그러니 조금 더 건강해지면 우리 지금보다 더 재밌게 살아보자고. 엄마가 아플 때마다 아빠가 내게 하는 말이 있다. 아빠가 있어서 괜찮으니 너는 아무 걱정하지 말고 네 일 열심히 해라. 이 말을 처음 들었던 어린 시절부터 나는 그렇게 억울하고 서운할 수가 없었다. 엄마가 아픈데 남도 아니고 하나밖에 없는 아들인 내가 어떻게 걱정을 하지 않을 수가 있을까. 물론 아빠도 너무 걱정 말라는 말을 돌려서 표현한 거겠지만 나는 그 말을 들을 때마다 속상하다. 더 속상한 건 엄마가 똑같은 말을 내게 할 때다.

"엄마 괜찮으니 아들은 아무 걱정 말고 잘 다녀와."

직장이 병원에서 가깝기라도 하면 걱정을 조금이나마 덜 수 있을 텐데 비극적이게도 나의 직장은 심지어 날개가 달려 전 세계를 날아다닌다. 덕분에 근무 중일 때는 그 어떤 연락조차 불가능해서 이런 상황이 있을 때는 그 답답한 불안으로 기내에서 질식할 것만 같다. 비행기를 타러 가면서 나는 몇 번씩이나 엄마에게 메시지를 남겼다.

- 엄마, 잠깐 단잠에 빠진다고 생각해. 그리고 개운하게 일어나는 거야. 대신에 이따가 잠에서 깨면 꼭 아들한테 메시지 남겨 줘야 해. 낳아줘서 고마워. 사랑해 엄마.

엄마가 이제 수술실로 들어갔다는 아빠의 메시지와 함께 비행기가 이륙했다. 일을 하다 보면 정신없이 시간이 흘러가지만 오늘은 왠지 시간의 개념조차 불분명하게 느껴졌다. 시간이 역행하는 기분이란 고통 그 자체였다. 분명 수술이 끝났을 시간인데 서로 연락이 닿을 수 없다는 사실이 참으로 서러웠다. 언제나 염두에 두는 것이지만 이럴 때의 나의 직업이란 인간의 도리를 져버리는 극악무도한 일처럼 느껴진다. 웃는 얼굴이 기본이 되어야 하는 일이니까 말이다. 종교가 없는 내게 기도를 대체할 만한 것은 글쓰기밖에 없는데 일하면서 글을 쓸 순 없는 노릇이니 내가 할 수 있는 것은 계속해서 엄마를 생각하는 것뿐이었다. 엄마가 회복하면 같이 산책을 나서는 일, 파주로 드라이브를 떠나보는 일 등 소소한 일들을.

비행기가 미국 땅에 내리고 동료들의 배려로 나는 최대한 빠르게 메시지를 확인할 수 있었다. 이렇게 심장이 목까지 차오르게 뛰는 건 나로선 익숙하지 않았다. 핸드폰을 켜니 메시지들이 천천히 들어오고 있었다. 나는 가장 먼저 아빠의 메시지를 확인했다.

- 아들, 엄마 수술 잘 끝났고, 회복 중이다. 약한 몸으로 엄마 참 장하지?

눈물이 번져 시야를 가렸다. 그 뒤로 엄마의 메시지도 확인했다. 힘든 와중에도 기필코 메시지를 남겨보겠다는 흔적이 담겨있었다. 엄마의 사랑한다는 말이 그 어느 때보다 깊숙이 다가왔다. 앞으로 더 많은 검사와 치료의 단계가 남아있겠지만 오늘은 이렇게 엄마가 무사히 깨어나 준 것만 해도 더 이상 바랄 게 없는 날이었다. 그 작은 몸으로 언제나 끈질기게 버텨주는 엄마가 고마웠다. 엄마에 관한 모든 것에 늦지 않고 싶다는 다짐을 해봐도 유약한 나로서는 쉽게 무너져 내릴 때가 많았다. 그때마다 다시 이를 악물고 다짐했다. 내가 단단해져야 엄마를 오래도록 보살필 수 있다고 말이다. 내 몸은 자주 엄마로부터 멀리 떨어져 있지만 내 모든 마음과 신경은 엄마가 누워있는 병상 옆에 나란히 누워있다. 나는 그곳으로부터 단 한 번도 떠나본 적이 없다. 오랜 시간 동안의 긴장이 풀리니 나도 모르게 잠에 빠져들었다.

영원한 순간은 없다는 것을 알면서도, 그 순간을 어떻게든 잡아두려는 애달픈 마음이 비로소 영원을 끌고 온다. 삶을 둘러싸고 있는 모든 것들이 멀리서 바라보면 결국 우리 곁을 스쳐 지나간다. 만남과 이별, 탄생과 죽음, 행복과 절망을 비롯한 수많은 감정들과 관계와 같은 실체가 분명해 보이는 존재들까지, 영원히 머무를 수는 없고, 모든 것을 담아 갈 수도 없다. 하지만 마음이 향하는 방향에 따라 순간은 조금 더 연장되기도 하고, 그저 순간에 그칠 수도 있다. 기필코 잊지 않으려는 방향과, 어차피 잊을 것이라는 방향은 같은 길에서 자라난 갈림길이다. 우리는 누구나 이 갈림길 앞에서 선택의 순간을 맞이하게 되고, 그 선택이 삶의 생김새를 서서히 완성 시켜나가는 게 아닐까.

유원지에서

아빠와 같이 찍은 사진이 유난히도 없는 내게도 잊지 못할 몇 장의 사진들이 있다. 그중의 하나는 본가의 오래된 서재에 놓여있는 낡은 액자 속에 담겨 있다. 기본적인 구도도 맞지 않고 빛까지 번져 들어가 사진의 절반이 시커먼 사진이다. 그럼에도 이 사진이 소중하게 보관되어 있는 까닭은 아마도 흘려보내기 아까운 추억 때문일 것이다. 강가에서 돌을 던지는 나와, 그 모습을 옆에서 가만히 지켜보는 아빠의 모습이 담긴 사진이다. 아직 공사 중인 유원지에 몰래 들어가 돌을 던지며 시간을 보냈던 기억이 난다. 심지어 사진 속 아빠와 나는 철저하게 뒷모습만을 보여주고 있는데 이것은 분명 어떤 한 사람의 오롯한 시선의 흔적일 것이다.

다정한 시간을 보내고 있는 아빠와 나의 모습을 뒤에서 지켜보다가 아무래도 그 순간을 영원히 간직하고 싶었던 한 사람의 시선이었을 것이다. 엄마는 그렇게 서툰 사진 솜씨로 아빠와 나의 뒷모습을 필름에 담았다. 엄마가 셔터를 누르고 얼마 지나지 않아 강가에 돌멩이를 던지던 나는 무작정 엄마에게 달려와 안겼을 것이다. 그러다 엄마의 볼에 장난스레 뽀뽀를 했을 것이고, 이번에는 엄마와 내 모습을 지켜보던 아빠가 미소를 지으며 카메라 셔터를 눌렀을 것이다. 비록 아빠의 시선으로 담은 사진은 남아있지 않지만 나는 사진보다 소중한 아빠의 따뜻한 시선을 여전히 마음에 간직하고 있다.

식지 않는 온기

언젠가 엄마가 아빠와의 신혼 시절 이야기를 해 준 적이 있다. 그중에서 가장 선명하게 내 기억에 남아있는 이야기 중 하나는 바로 엄마가 나를 가졌을 때의 일화였다. 아직 아파트를 새로 장만할 여력이 없었던 둘은 신혼 시절을 전원주택 형태의 외갓집에 달린 자그마한 방에서 시작을 했다. 그 시절 부모님은 그 방을 뒷방이라고 불렀다. 아마도 좁고 열악한 환경에 곧 태어날 아기까지 생각을 하니 얼른 다른 곳으로 이사를 가고 싶은 조급하고 웅크린 마음이 지어준 이름이었을 것이다. 아빠는 조금 더 무거워진 어깨를 짊어지고 성실하게 직장을 다녔고, 엄마도 아이를 가진 평범한 산모들처럼 배가 불룩하게 불러왔지만 가족의 미래를 위해 피아노 선생님 일을 그만둘 수는 없었다. 여느 산모들이 임신을 하면 그때마다 당기는 음식이 달라진다고 하지만 엄마는 워낙에 잘 먹지 못하는 체질일뿐더러 입덧이랄지 유난히 당기는 음식이 있다든지 그런 현상이 전혀 없었다. 하지만 그런 엄마의 입맛을 심하게 돋운 오식 단 하나의 음식이 있었는데 그것은 바로 시루떡이었다. 맵거나 달달한 자극적인 음식도 아니고, 고기도 아니고, 왜 하필 시루떡이었을까. 그 때나 지금이나 엄마의 소박함을 알아줘야만 한다.

함박눈이 내리던 겨울의 어느 날이었다. 엄마는 그날 따라 시루떡이 더 간절했고, 곁에 있던 아빠는 웃으며 두터운 외투를 챙겨 입었다. 집 주변에는 시루떡을 파는 곳이 없어서 아빠는 적어도 이십분이나 떨어진 시장을 향해 걷기 시작했다. 마침내 시장에 도착한 아빠는 갓 나온 시루떡을 넉넉하게 봉투에 담았다. 이제는 자신을 기다리고 있을 엄마에게 돌아갈 일만 남았는데 그날은 유난히도 추운 눈 내리는 밤이었다. 이십 분의 거리를 뛰어간다 해도 시루떡은 식어버릴 게 분명했다. 잠깐 고민을 하다 아빠는 이내 시루떡을 자신의 외투 안에 넣고 지퍼를 한껏 끌어올렸다. 이렇게라면 그래도 집으로 돌아가는 동안 온기를 지킬 수 있을 것 같았다. 빠른 걸음으로 걸으니 안에 품은 시루떡이 자꾸만 외투 밑으로 떨어졌고 그럴수록 아빠는 곧 태어날 아기를 끌어안듯 안전하게 시루떡을 끌어안았다. 머리에는 함박눈이 소복소복 쌓이고 있었고, 거리에는 아빠의 발자국이 고운 문양을 만들어 냈다. 서둘러 도착한 집에는 엄마가 기다리고 있었고 아빠는 소년의 미소를 지으며 외투의 지퍼를 풀고 자랑스레 시루떡을 꺼내 놓았다. 다행히도 시루떡은 아직 따뜻했고, 떡을 접시에 나눠 담으며 둘은 뒷방에 살고 있을지라도 세상에서 가장 부자가 된 듯한 느낌을 받았다.

머지않아 함박눈이 다시 내리던 날 뱃속의 아이는 세상 밖으로 나오게 되었다. 그리고 아빠가 가슴에 품었던 그 시루떡의 온기를 엄마의 뱃속에서도 온전히 느끼고 간직한 채 세상 밖으로 나왔는지 이제는 그때의 아빠보다 나이가 더 많아진 그 아이도 그때의 온기를 여전히 느낄 수 있다. 신기한 건 엄마가 들려준 일화를 듣고 나니 나는 어쩐지 뱃속에서 살았을 때부터 엄마의 평범한 일상을 본 것처럼 느껴졌다. 불러온 배를 안고 어린 제자와 작은 피아노 의자에 함께 앉아 교습을 봐주는 엄마의 모습이 선명하게 그려진다.

단 한 번도 실제로 본 적 없는 모습이지만 나는 왠지 날마다 그 모습을 눈에 담은 것처럼 고스란히 그려낼 수 있다. 엄마가 무슨 옷을 입고 있었는지, 표정은 어떠했는지, 그리고 어떤 마음으로 먼 길을 출퇴근하며 그 시절을 버텨냈는지. 그 일상이 너무도 선명해서 바래지 않는 사진처럼 가슴에 분명하게 남아있다. 이제는 내가 아주 작았던 그 시절부터 물려받은 그 온기를 다시 나눠드릴 수 있다면 얼마나 좋을까.

빈 카트

아빠가 혼자 장을 보기 시작했다. 엄마가 병원에 입원한 이후부터는 홀로 자신이 필요한 양만큼만 장을 보게 된 것이다. 물품을 찾는 일은 얼마든지 쉽게 진열되어 있으니 문제가 되지 않지만 삼십 년 이상을 함께 장을 보던 사람이 잠시 없으니 어쩐지 아빠의 모습이 길을 잃은 어린 소년처럼 불안하고 어색하기만 했다.

본가를 찾아갈 때마다 언제나 지켜보게 되는 장면이 있었다. 우리 세 식구는 점심 식사를 하고 마트에 가서 무심한 듯 다정하게 함께 장을 봤는데, 멀리서 엄마와 아빠의 모습을 바라보다 보면 나도 모르게 웃음이 났다. 모든 가장들의 모습인지는 모르겠지만 아빠는 언제나 엄마를 거들기만 할 뿐 좀처럼 자신이 원하는 것을 카트에 담은 적이 없었다. 어쩌다가 한 번씩 아빠가 원하는 물품을 카트에 담을 때면 엄마는 그것을 곰곰이 살펴보며 그대로 둘 것인지 아니면 원위치를 시킬 것인지를 결정했다. 보통 그런 것에서 작은 다툼이 있을 수도 있겠지만 아빠는 아무 말 없이 웃으며 엄마의 결정을 따라줬다. 그러면서 무거운 물건을 사야 할 때면 재빨리 엄마 앞을 가로막고 물건을 들었고, 사람이 너무 많은 코너에서는 혹시나 엄마가 사람들에게 부딪힐까 봐서 팔로 엄마를 감싸 안았다. 그것은 아름다움이었다. 사랑하는 사람들만이 일궈놓을 수 있는 균형 잡힌 익숙한 안정이었고, 평범하고 소박한 일상에서 얻을 수 있는 최대치의 행복이었다. 그 모습을 바라보는 것만으로도 따뜻하고 충만했었다.

엄마의 입원이 길어지면서 둘만 남은 우리는 어째서인지 대화가 통 없다. 아빠와 나의 모든 발걸음과 손짓에도 엄마의 빈자리가 느껴졌다. 늘 엄마가 미리 메모해 둔 것들을 기반으로 카트를 채우곤 했었는데 이제는 카트를 끌고 마트의 곳곳을 돌아다니기만 할 뿐 막상 무엇을 사야 할지를 모르겠다. 마트를 방황한다는 사실 자체가 엄마의 빈자리를 여실히 나타내고 있었지만 우리는 일부러 엄마의 이야기를 꺼내지 않았다. 누구라도 먼저 이야기를 꺼내면 그것이 방아쇠가 되어 걷잡을 수 없는 슬픔이 밀려들 것을 우리는 짐작하고 있었다. 병마가 가족을 지치게 한다는 말을 믿지 않았다. 그깟 병마에 지치면 진정한 가족이 아니고, 사랑과 양육에 대한 보은이 아니라고 생각했다. 하지만 몇 달 사이 주름이 급속도로 늘어나고, 맞지 않는 옷을 입은 것처럼 헐렁해진 아빠의 셔츠와 바지를 보면 인정하긴 싫지만 그 말을 실감하게 됐다. 그리고 이제는 이 말을 믿을 수밖에 없다. 사랑하는 사람이 아프면 마음과 육체의 뿌리부터 서서히 시들어간다. 우리의 몸은 마트에 있었지만 온 마음과 정신은 엄마의 병실에 나란히 누워있었다. 그렇게 우리는 말없이 텅 빈 카트를 끌고 계산대로 향했다.

바깥은 축제

언젠가 우리도 다른 가족들처럼 함께 비행기를 타고 해외여행을 가고 싶다는 글을 썼던 적이 있다. 그 소박한 소망이 당연히 이뤄질 줄 알았는데 엄마의 상태가 이제는 함께 산책조차 할 수 없을 정도로 약해졌다. 소망이 꿈이 되고, 이제는 꿈이 아니라 기적을 바라는 상황이 되자 조금 더 현실적인 계획을 꾸리기 시작했다. 혹시나 늦기 전에 서둘러서 엄마와의 아름다운 추억을 만들어야겠다는 조급한 다짐 같은 것. 그래서 평소와 같았으면 머뭇거릴 만한 가격의 고급 펜션을 예약해 일박 이일의 짧은 나들이 계획을 세웠다. 처음이라는 설렘과 마지막일지도 모른다는 슬픔을 동시에 끌어안고 집을 나섰다. 아무도 마지막이 될 것이라고 말하진 않았지만 모두가 마지막이 될 수도 있다는 것을 충분히 알고 있었다. 모든 증상이 나타나지만 아무도 원인을 모르는 병. 이름이 없어서 뭐라고 부를 수도 없는 병을 앓고 있는 엄마는 날마다 혼자서 고통과 싸우고 있었다. 움직일 때마다 싸움을, 먹을 때마다 싸움을, 싸움이 없는 순간이 없는 싸움을, 그렇다고 이기거나 지지도 않는 싸움을, 엄마는 날마다 해오고 있었던 것이다. 완공된 지 그리 오래되지 않은 이 펜션에는 아쉽게도 엘리베이터가 설치되어 있지 않았다. 사실 3층짜리 펜션에 엘리베이터를 기대한다는 것 자체가 더 황당한 일이겠지만, 누구나 자신의 입장이 먼저이기 마련이니까. 자신의 결핍된 부분이 충족되지 않는다면 멀쩡한 시설도 형편없게 보인다. 예약하기 전에 주인에게 전화를 해서 조금 더 자세히 물어봤어야 했는데, 엄마의 몸 상태를 충분히 배려하지 못한 내가 원망스러웠다.

예약한 방은 2층이었지만 그 사이에는 수많은 계단이 놓여있었다. 건물을 설계할 때 층과 층 사이를 연결할 방법이 이런 식으로 곡선을 이루는 계단 밖에는 없었던 걸까. 이렇게 계단에 대해서 깊게 생각해본 적도, 계단을 원망해본 적도 없었다. 엄마는 계단 난간에 몸을 기대고 한 칸 한 칸 오르기 시작했다. 그 힘겨운 보폭 사이에는 나로서는 짐작할 수조차 없을 고통과 의지가 담겨있었을 것이다. 말도 안 되게 약해진 자신의 상태를 보여주기 싫은 나머지 엄마는 아들 먼저 올라가서 기다리라는 말을 했다. 무정한 세월과 비정한 질병이 엄마로부터 많은 것들을 너무도 일찍 앗아갔다. 방에 도착한 엄마는 높은 산의 정상에 오른 사람처럼 숨이 가빴다. 모든 기력이 소진된 표정으로 엄마는 방의 내부를 둘러봤다. 한참을 바라보다 이런 곳은 '건강한 사람들'이 오면 정말 즐겁게 지낼 수 있겠다고 말했다. 그러더니 엄마도 아프기 전에 아들이랑 아빠랑 이런 곳 좀 자주 다녔어야 했다고도 말했다. 엄마는 지금이라도 당장 쓰러질 것만 같았다. 이 좋은 곳에서 괜히 자기 때문에 우리 가족이 제대로 즐기지도 못하고 방안에만 있어야 한다는 생각에 엄마는 한없이 괴로워했다. 펜션의 이곳저곳을 간신히 구경한 엄마의 시선의 고급 욕조에 머물렀다.

"엄마가 건강했더라면 여기서 목욕도 하고 산책도 하면서 정말 제대로 즐길 수 있었을 텐데."

그러다 끝내 아빠에게 자신을 집에 다시 데려다주고 둘이서 제대로 즐기고 오라는 선언을 했다. 좀처럼 꺾기 힘든 엄마의 선언이 시작된 것이다. 엄마는 자신이 이제 더 이상 사람이 아니라 괴물이라고 했다. 그 끔찍한 단어를 꺼낸 엄마에게 화가 났지만, 그 단어까지 스스로 꺼내게 된 엄마의 심정을 감히 헤아려볼 수 없었다. 그럼에도 나는 그 말을 꺼내고야 말았다. 이번이 '마지막'이 될 수도 있다고, 지금 집에 가면 다시는 못 올지도 모른다고. 우리는 마지막이라는 말을 듣고 모두 침묵을 유지했다. 모양이 없던 마음이 말이라는 모양을 입고 나오니 무참한 현실로 다가왔다. 고통의 하루가 지나면 또다시 고통으로 하루가 열리는 엄마가 짊어진 무게를 나로서는 감히 상상할 수조차 없었다. 엄마는 분명 하루에도 몇 번씩 마지막을 품고 살았을 것이다. 오늘이 마지막이 될 수도 있지만, 그럼에도 하루만 더 버텨보는 것. 희망 따위가 없어도 눈에 보이는 확실한 사랑의 존재인 가족들을 위해

쓰러져서도 마음으로는 다시 한번 일어날 수 있는 것. 그런 간절하고 강인한 의지로 하루를 살아가는 엄마에게 마지막이라는 단어를 말하다니 이렇게나 형편없는 아들이라니.

엄마는 가까스로 마음을 바꿔 펜션에 머물렀다. 저녁 식사를 하러 가까운 식당에 가는 길에는 나들이를 나온 가족들과 연인들이 많았는데, 엄마의 시선은 그들을 따라갔다. 상대성의 폭력이 엄마를 또다시 엄습한 것이다. 상대적으로 훨씬 행복해 보이는 그들의 모습이 상대적으로 엄마의 상황을 훨씬 더 초라하게 만들었다. 예전에는 대수롭지 않게 받아들였던 일상의 행복이, 이제는 다시 가질 수 없을지도 모르는 불확실한 욕심이 될 수도 있다는 게 서러웠다. 바깥은 모두가 축제인데 우리만 슬픔이라는 작지만 깊은 늪에 잠겨있는 기분이 들었다. 식사를 마치고 답답한 마음에 혼자 강가를 거닐었다. 어느새 밤의 산책을 나서면 서늘해지는 계절이 도착해 있었다. 달빛은 강물에 닿자마자 반짝거리며 튀어 오르고, 강물은 고독하지만 자유롭게 어딘가로 계속해서 흐르고 있었다. 산책을 하다 보면 생각이 비워질 때도 있지만, 오히려 더 많은 생각에 사로잡힐 때도 있다. 우리는 각자의 사정을 숙련된 표정 뒤에 숨기며 살아가고, 사람들은 우리의 표정으로 삶의 이력을 짐작한다. 누구나 떠안고 가는 삶의 무게가 있지만, 우리는 눈에 보이지 않는다는 이유로 서로의 무게를 업신여기는 게 아닐까.

우리에게 주어진 하루의 여행인데 하루는 너무도 빨리 저물어만 갔다. 침대에서 휴식을 취하고 있는 엄마 옆에 누워 많은 이야기를 나눴다. 친척들 이야기로부터 시작된 이야기가 어느덧 사회생활 이야기가 되고, 급기야 연애상담까지 닿기도 했다. 살아가면서 엄마에게 연애상담을 한다는 것은 꿈도 꾸질 못했는데 뒤늦게 사랑과 연애에 대한 생각과 고민들을 엄마에게 털어놓으니 오히려 누구에게도 들을 수 없는 값진 조언을 듣기도 했다.

"연인 사이가 나중에 반드시 무언가로 변해야 한다는 집착이 관계를 망치게 되는 거야. 소중할수록 부담을 느끼게 해서는 안 되는 거지. 오히려 무엇이 되거나 혹은 되지 않아도 상관없다는 편안한 마음을 가질 때 더 좋은 관계로 발전하게 되는 경우도 많아. 조급하고, 불안한 마음을 갖지 않아도 곁에 남아주는 사람, 그런 사람이 진짜의 인연인 거지."

엄마는 고통에 사로잡힌 상태에서도 다정하게 말했다. 아들과의 대화가 고통을 줄여주는 진통제 역할을 하는 것처럼, 대화를 할수록 엄마의 표정이 건강해 보였다. 처음 꺼내놨던 이야기이지만 마치 모든 것을 알고 있는 것처럼 엄마는 나의 마음과 고민들까지도 꿰뚫어보고 있었다. 엄마라는 존재의 위대함에 대해 다시 한번 깨닫게 되는 일이었다. 무엇이든 대단할 것 까지는 아니더라도, 조금 더 일찍 시작했으면 좋았을 일들, 하지만 너무 늦지 않게 시작해서 다행인 일들이 있다. 서로가 좋아하는 음악을 함께 듣거나, 함께 누워서 영화를 보는 일부터 시작해서 나만 알고 싶었던 일상의 비밀을 조심스레 공유해 보는 것, 부끄럽고 어색할 것이라고 예상했지만 오히려 관계의 윤활유가 되어주는 것들이 많다.

아침에 일어나니 엄마가 펜션 한구석에서 불편한 자세로 서 있었다. 낯선 환경이 불편해서 잠을 한숨도 못 잤고, 통증이 더 심해져 누워있을 수조차 없다고 했다. 아빠와 나는 서둘러 짐을 챙겨 펜션을 나섰다. 차를 타고 떠나는 길에 돌아본 펜션이 서서히 멀어져 갔다. 하룻밤의 꿈처럼 마냥 행복하기만 한 나들이는 아니었지만 그래도 우리는 가까스로 추억 하나를 만들어낸 것이다. 오래도록 간직하고 살아갈 수 있는, 생각하면 장면과 대화까지 전부 떠오를 수 있는 그런 아름다운 추억 말이다. 우리의 날들이 얼마나 더 지속될 수 있을진 모르겠지만, 그전에 소원이 있다면 엄마의 고통과 삶에 대한 의지를 제대로 이해해 보는 것이다. 이 세상의 모든 행복과 모든 슬픔을 모두 체험할 수 있게 되기를, 그리하여 조금 더 상대방의 아픔을 정확하게 들여다볼 수 있게 되기를, 그만큼 넓어지고 깊어질 수 있기를, 그리고 오늘의 다짐이 마지막이 아니기를, 짧고도 아팠던 여행이었지만 언젠가 고통이 누그러진 상태로 바깥의 사람들처럼 축제 같은 나들이를 떠나는 날이 찾아오기를, 간절히 소망한다.

그때의 소년은 지금쯤 어른이 되었을까

캠핑이 유행인 시절이다. 짐을 꾸리고 야외로 나가 경치 좋은 곳에 자리를 잡는다. 그곳에 돗자리부터 시작해서 타프나 텐트, 운이 좋으면 캠핑카를 준비할 것이다. 임시의 아지트가 완성되면 그곳에서 하루 정도 머물며 밥을 지어먹고, 일상이 아닌 일탈의 시간을 보낸다. 최근에는 연예인들의 캠핑 방송이 인기를 끌며 캠핑에 무관심하던 사람들도 짐을 꾸려 전국 각지의 캠핑 명소로 떠나기 시작했다. 하지만 나는 캠핑의 경험이 없다. 살아가면서 캠핑이 매력적이라고 느껴본 적이 없었고, 도대체 어떤 까닭으로 편안한 곳을 마다하고, 그 번거로운 작업을 하러 떠나는지 영문을 알 수 없었다. 그럼에도 더 늦기 전에 오랜 친구들과의 추억을 만든다며 캠핑 직전까지 간 적이 있었지만 그마저도 친구에게 사정이 생겨 취소되었다. 그렇게 내 인생에는 지금까지도, 그리고 앞으로도 캠핑이라는 것은 없을 것이라는 예감이 들었다. 그러다 문득 텐트 안에서 비를 피하던 장면이 머리를 스쳤다. 내게도 딱 한 번, 캠핑 비슷한 것이 있었다는 것을 잊은 채로 살았다.

초등학교 저학년 때였던 것으로 기억한다. 무더운 여름 방학이었고 아이들은 가족들끼리 곳곳으로 여행을 떠나기 시작할 무렵이었다. 그때의 우리 가족에게 가족 여행이란 당일치기로 유원지나 가까운 댐에 가서 나들이를 즐기는 것 정도였다. 잠귀가 밝은 엄마가 낯선 곳에서는 좀처럼 잠을 이루지 못했기 때문이다. 하지만 이번에는 엄마가 미안했는지 아니면 날마다 방에만 널브러져 있는 내가 측은했는지 아빠와 나 둘이서 하룻밤 여행을 다녀오라는 제안을 했다. 아빠와 나는 그 말을 듣고 눈이 마주쳤다. 우리는 서로의 눈빛만 봐도 알 수 있었다. 떠나기 싫다는 것을.

하지만 엄마의 성화를 이기지 못하고 우리는 짐을 꾸렸다. 텐트를 챙기고, 밥을 해먹을 수 있는 코펠을 챙기고, 이것저것 군것질거리와 수영복과 튜브까지 챙겼다. 가까운 유원지에 도착해 처음으로 텐트를 설치해보고, 강가에서 물놀이도 했다. 가져온 코펠에 찌개 같은 것도 끓여먹었는데, 아빠는 이 모든 과정에 노련한 사람이었다. 손재주가 좋아서 무언가를 만들거나 수리하는 일에는 실수조차 하지 않았다. 다만 기회가 먼저 찾아오지 않으면 솜씨를 보여주지 않는다는 것뿐이었다. 비구름이 머리 위까지 다가온 것도 모르고 우리는 정신없이 물놀이를 했다. 여기까지 오는 과정은 번거로웠지만 막상 닥친 일에는 누구보다 열성적인 영락없는 부자지간이었다. 비가 내리기 시작하니 사람들이 하나둘 텐트 속으로 돌아갔다. 우리도 텐트로 피신해 가져온 보드게임도 하고, 비 내리는 강가의 풍경도 구경하면서 여유를 즐겼다. 한창 장난감 총싸움이 유행이던 시절이었는데 그 때문인지 빗줄기가 강의 표면을 세차게 때리는 모습이 마치 헬리콥터가 하늘에서 기관총을 난사하는 모습 같았다. 빗줄기가 빼곡하게 강물을 때리니 수천 개의 동그란 물결 문양이 서서히 커지다 사라지기를 반복했다.

갑자기 아빠가 가만히 나를 보더니 다정하게 물었다.

"아들은 커서 뭐가 되고 싶어?"

그 질문은 아마도 아빠가 처음으로 내게 물었던 커다란 질문이었다. 빗줄기가 만들어내는 강가의 파문을 바라보며 생각에 잠겨있는 아들을 지켜보다 진심으로 이 아이가 뭐가 될지 궁금해서 물어본 것일 수도 있겠고, 아빠로서의 역할을 해야 한다는 의무감에서 떠오른 물음일 수도 있겠다. 갑작스러운 질문에 당황할 겨를도 없이 텐트가 바람에 날리기 시작했다. 생각보다 빗줄기는 심상치 않았고 주변을 둘러보니 사람들이 텐트를 해체하고 있었다.

텐트에 물이 차오르고 있다는 것을 발견한 아빠가 서둘러 냄비로 물을 퍼서 바깥으로 버리기 시작했다. 아들과 처음으로 나온 야영인데 이 정도 날씨로 포기할 수 없었다고 생각했는지도 모른다. 급기야 나도 작은 냄비 하나를 들고 아빠를 거들었다. 우리가 아무리 열심히 물을 퍼서 버려도 물이 차오르는 속도를 따라갈 수 없었다. 홍수가 난 것도 아니었는데 비가 이렇게 많이 내린다는 게 거짓말 같았다. 그러다 우리는 순간 눈을 마주쳤고 잠깐의 정적이 흐른 뒤 누가 먼저랄 것도 없이 천진난만하게 웃기 시작했다. 우리도 텐트를 해체해야 할 것 같다는 암묵적인 합의였다. 아빠는 내가 비를 맞을까 봐 돕겠다는 나를 강제로 차에 태워두고 비를 홀딱 맞으며 마무리 작업을 했다. 그 모습이 꼭 어떤 상황에서도 가족을 반드시 지킬 수 있는 멋진 전사 같았다. 모든 장비를 다시 차에 싣고 아빠는 비에 젖은 머리를 털며 나를 보고 환하게 웃었다. 집으로 돌아가는 길에 나는 아까 아빠가 했던 질문에 대해 곰곰이 생각해 보게 되었다. 나는 과연 무엇이 될까. 소방관이나 과학자가 될까. 아니면 선생님도 괜찮을 것 같았다. 그러다 회심의 결정을 내렸다.

"아빠, 나는 커서 아빠가 될 거야."

아빠는 운전을 하며 어리둥절한 표정으로 나를 바라봤다. 남자가 어른이 되면 당연히 아빠가 되는 것인데 무슨 엉뚱한 소리냐고 했다. 가만히 비 내리는 창밖만 바라봤다. 어쩐지 엄마의 성화에 못 이겨 떠나올 때와 지금 이렇게 집으로 돌아가는 길의 느낌은 전혀 비슷하지 않았다. 정체 모를 커다란 일이 우리 둘 사이에 벌어진 것만 같았다. 운전대를 잡고 있는 아빠의 팔뚝이 유난히 굵어

보였다.

돌이켜보면 그때의 아빠는 지금의 나보다 어렸다. 삼십 대 초반이었을 그는 마음만은 여전히 소년이었겠지만, 가장으로서의 역할을 묵묵히 해내고 있었을 것이다. 그러다 아들에게 시기마다 적절한 질문을 해줘야 한다는 책임을 느꼈을 것이고, 망설이다 간신히 마음을 꺼내봤던 게 아니었을까. 하지만 그 질문은 전혀 중요한 게 아니었다. 어떤 말보다도 그날 아빠가 내게 보여준 순간순간의 모든 모습들이 아빠를 꿈꾸게 만들었으니까. 세월이 흘러 요즘은 아빠의 눈빛을 봐도 좀처럼 생각을 읽을 수 없게 되었지만, 어쩐지 아빠는 여전히 내 생각을 읽고 있는 것 같다. 나는 아직 가장이 되고, 아빠가 된다는 것이 대체 무엇인지 모르지만, 언젠가 그때가 찾아오면 다시 아빠의 눈빛만 바라봐도 생각과 마음을 읽을 수 있게 되지 않을까. 그런 날이 온다면 우리의 첫 번째 캠핑에 대해 조금 더 깊숙하게 잠겨볼 수 있지 않을까.

절망의 섬

환자들은 아무도 닿을 수 없는 자신만의 섬에 갇힌다. 가벼운 증상을 앓고 있는 환자들은 가까운 섬에, 심각한 증상을 앓고 있는 환자들은 멀리 떨어진 섬에 갇혀 온종일 통증과 사투를 벌인다. 그러면서 이제는 끝없이 지속되는 이 고통과의 싸움 대신 스스로 삶을 그만두고 싶다는 불안한 생각을 수십 번씩 밀고 당기며 하루를 간신히 버텨낸다. 엄마가 누워있는 병상도 섬이 되어 칠흑같이 어두운 밤바다를 표류하고 있다. 병문안을 온 사람들이나 심지어 우리 가족조차도 아무리 곁에 있다 한들 엄마가 갇힌 섬에는 결코 닿을 수 없었다. 엄마의 고통을 최소한 아들인 나는 분명 알 수 있을 것이라는 착각을 할 때도 있었다. 하지만 직접 엄마가 되어 증상에서 비롯된 극심한 고통을 느껴본 적이 없는 한 그 고통과 심정을 짐작만 할 수 있을 뿐 절대로 가닿을 수 없었다. 나는 엄마의 고통을 제대로 들여다볼 수 없었고, 다른 사람들은 우리 가족의 절망 속에 발을 들일 수 없었다.

우리의 슬픔을 알아주지 못하는 사람들이 원망스러웠

다. 어머니는 좀 어떠시냐고 말 한마디 다정하게 건네주지 않는 가까운 사람들에게 적잖은 서운함을 느꼈고. 전화 한 통 없이 남일처럼 여기는 가까운 친척이라는 사람들로부터 인간과 핏줄에 대한 환멸을 느꼈다. 하지만 인간의 일이란 다 그런 것이 아니겠는가. 나라고 해서 가까운 누군가나 그들의 부모님의 건강이 위독해졌을 때 한 번이라도 진심을 다해 슬퍼하거나 위로가 되어주려 했던 적이 있는가. 그것참 안됐다는 가벼운 말만 건네고, 바로 그날의 저녁 메뉴를 고르려 핸드폰을 뒤적거렸을 것이다. 그랬던 내가 감히 가족이 아닌 타인들에게 무슨 기대를 품는다거나, 또 누구를 원망할 수 있겠는가. 지금의 내가 할 수 있는 건 오직 작고 허술한 배를 타고 엄마의 섬을 향해 무작정 노를 저어보는 것뿐이었다. 얼마나 멀고 깊은 바다가 엄마와 나 사이를 가로지르고 있는 것일까. 방향도 잡을 수 없고, 속도를 낼 수도 없는 암흑처럼 어두운 바다. 드디어 가까워지는 듯하면서도 닿을 수 없는 그 꿈틀거리는 고통의 존재.

엄마가 갇힌 섬에서는 어떤 풍경이 보일까. 고통에 지쳐 쓰러져 누우면 밤하늘의 별자리라도 반짝거리며 엄마의 마음을 위로해 줄 수 있을까. 아무리 발버둥 쳐봐도 내가 가닿을 수 없는 그곳에 사람이 아니어도 좋으니 엄마의 마음을 어루만져 줄 수 있는 그 무엇이라도 존재한다면 부디 명멸하지 말고 끊임없이 엄마의 곁을 지켜주기를. 그렇게 오랫동안 갇혀있던 섬에서 끝내 걸어 나올 수 있게 되기를.

어느새 밤의 산책을 나서면 서늘해지는 계절, 달빛은 강물에 닿자마자 반짝이며 튀어 오르고, 강물은 고독하지만 자유롭게 어딘가로 계속해서 흘러간다. 산책을 하다 보면 생각이 비워질 때도 있지만, 오히려 더 많은 생각에 사로잡힐 때도 있다. 우리는 각자의 사정을 표정 뒤에 숨기며 살아가고, 사람들은 우리의 표정으로 삶의 이력을 짐작한다. 누구나 떠안고 가는 삶의 무게가 있지만, 우리는 서로의 무게를 업신여긴다. 강물처럼 사사로운 일들에 아랑곳하지 않고 유유히 흘러갈 수 있다면.

그렇게 엄마 오리가 되어간다

한 여름을 맞이하기 직전 엄마와 산책을 나섰다. 엄마는 조금이라도 더 추억을 만들고 싶다며 거동조차 불편한 몸을 이끌고 길을 나섰다. 산책로에 들어서니 뙤약볕을 피할 그늘이 마땅치가 않았지만 그럼에도 우리는 아주 느린 걸음으로 걷기 시작했다. 분명히 지난번의 산책 때만 해도 엄마의 걸음이 이렇게나 느리지는 않았던 것 같은데 아마도 전혀 회복이 안 되고 있는 것 같았다. 몇 걸음도 채 걷지 못하고 엄마는 멈춰 섰다. 그러면 나도 자연스레 엄마 옆에 서서 엄마가 통증을 극복할 때까지 기다렸다. 그러면서 우리는 강가를 바라봤다. 유난히도 먼지 한 점 없이 쾌청하고 맑은 날이었다. 하늘이 강가에 내려앉은 것처럼 수면은 구름들로 넘실거렸다. 저만치 멀리서 오리들이 유유히 다가와 그 구름들 사이로 유영하듯 떠다녔다. 엄마 오리가 여섯 마리의 새끼 오리들을 이끌고 있었다. 한 마리가 다른 곳으로 가려 하자 앞서가던 엄마 오리가 기다렸다. 그러다 한눈을 팔던 새끼 오리가 무리로 돌아오니 그제야 다시 떠나기 시작했다. 엄마가 그 모습을 지켜보며 너무 아름답다고 속삭였다. 무리해서라도 나오길 잘했다고 행복한 표정을 지었다.

그렇게 우리는 조금을 걷다가 다시 멈춰 서며 산책을 이어갔다. 멈춰 섰을 때는 주위를 둘러보며 풍경에 잠겼다. 그럴 때마다 엄마는 행복해했다. 예전에 누군가 이런 말을 했다. 나이가 들고 몸이 약해질수록 자연의 소중함을 깨닫게 된다고. 소녀 같은 엄마는 어쩐지 나이가 들수록 한없이 더 소녀 같아지는 것 같다. 여기서 더 여려졌다가는 엄마가 아기로 변하는 게 아닐까. 또래의 아줌마들이 힘차게 우리를 추월할 때마다 엄마는 우울해했다. 당신도 그들처럼, 아니 그들보다 더 힘차게 걷고 싶었을 것이다. 엄마의 시선은 저만치 멀어져 가는 아줌마들을 향해 있었다. 그리고 자꾸만 건강했을 때를 회상하며 이야기를 꺼냈다. 엄마의 마음속에 갑자기 소나기가 내리기 시작했다는 것을 본능적으로 알아챈 나는 말없이 엄마의 머리를 가만히 쓰다듬었다. 건강이 악화되었을 때 그것을 겸허하게 받아들일 수 있는 사람이 얼마나 존재할까. 언젠가는 체념할 수 있겠지만 과거의 상태로 돌아갈 수 없다는 사실을 인정하기까지는 얼마나 커다란 마음의 고통이 동반될까. 언젠가부터 엄마와 산책을 할 때마다 이번이 마지막이 될지도 모른다는 불안을 안고 걷는다.

그럼에도 우리는 또다시 산책을 하고 있다. 비록 몸은 더 약해지고, 마음에는 먹구름이 가득해졌을지라도 우리는 한 번 더 이곳을 찾아 묵묵하게 걷고 있다. 그때마다 더 작은 것들에 잠기면서, 더 깊게 감사를 느끼면서. 어쩌면 엄마는 자신의 고통을 추억 만들기와 자연의 소소한 감동으로 덮으려는 것인지도 모르겠다. 이제는 내가 엄마 오리가 되어 예전에 엄마가 나를 이끌었던 것처럼 나도 엄마를 보호하며 앞장섰다. 마음에 낀 먹구름이 소나기를 불러오면 내가 엄마 손을 꼭 잡고 먹구름이 걷힐 때까지 곁에서 떠나지 않고 싶다. 점점 더뎌지고 자주 멈춰 선다 할지라도 우리는 이렇게 계속해서 걷고 있다.

거기까지만이라도

첫 차가 생긴다는 것은 어릴 적부터 품어왔던 근사한 꿈이었다. 대학을 졸업하면 저절로 차를 소유할 수 있는 경제력인 능력이 생기게 될 것이라는 막연한 생각과는 달리 나는 그 이후로도 몇 년 동안은 안정과 거리가 먼 삶을 살게 되었다. 영화 시나리오 작가가 되겠다며 무작정 충무로에 살았던 시절과, 영어학원에서 일했던 시절을 거쳐 가까스로 안정적인 직업을 구할 때까지 수많은 방황의 날들이 있었다. 그 시절들을 거쳐 가까스로 안정적인 일을 찾게 되었고, 드디어 삶의 첫차를 구매하게 되었다. 승무원 일을 하며 한국에 머무는 시간이 많지 않기도 하고, 차에 대해 무지했던 까닭에 구매의 대부분의 과정을 아빠가 도와주셨다. 덕분에 아빠의 사무실이 있는 청주에서 유명하고 믿을만한 중고차 매장에서 차를 구매하게 되었다. 그런데 자동차 등록증을 청주에서 발급받게 된 데다가, 차를 가져오기 위해서는 내가 고속버스를 타고 서울에서 청주로 가야 했다. 그래도 그런 것쯤은 아무래도 상관없었다. 첫차가 생겼다는 사실이 버스를 타고 가는 시간조차도 설레게 만들었다.

드디어 청주 터미널에 내려서 아빠와 차를 보러 갔다. 널찍한 공터에 짙은 회색의 차가 광택을 뽐내며 나를 기다리고 있었다. 전 주인이 거쳐간 중고차이긴 했지만 내게는 그 어떤 차보다 값진 새 차이고 첫 차였다. 감격스러운 나머지 이리저리 사진도 찍어보고 실내 곳곳을 구경하며 첫인사를 나누고 있었다. 아빠 사무실의 주차장이어서 동료 직원 아저씨들이 나와 내게 인사를 건네셨다. 언제 이렇게나 많이 컸냐고, 항공사 다니게 됐다는 소식을 들었다고 축하해 주셨다. 아빠가 내색을 하지 않았지만 은근히 아들 자랑을 많이 하셨던 모양이었다. 나는 멋쩍게 웃으며 감사하다는 말씀을 드렸지만 온정신은 오로지 차에 쏠려 있었다. 아빠와 나는 아저씨들을 뒤로 한 채 함께 짧은 시운전에 나섰다. 아빠는 마치 자신이 새로 탈 차를 산 것처럼 나보다 더 들뜬 모습이었고, 차의 구매 과정과 이후의 일들에 대해 설명을 멈추지 않았다. 아무래도 중고차다 보니 내게 넘겨주기 전에 미리 고속도로를 달려보며 혹시나 차에 이상이 있는지 점검해 봤다고 했고, 전문 세차 업체에 맡겨 완전한 새 차처럼 만들어 놨다고도 했다. 그리고는 갑자기 이런 말을 꺼냈다.

"아들, 중고차를 사게 해서 미안해."

아빠는 자신이 내게 새 차를 선물로 사주지 못했다는 것에 대해 계속 미안한 마음을 간직하고 있었던 것이다. 나는 그 말을 듣고 한동안 어떻게 대답을 해야 할지를 몰라 침묵하고 있었다. 그러다 갑자기 아빠와 나눴던 오래전의 대화가 생각났다. 입대를 앞둔 어느 날 그때도 아빠와 나는 차에 타고 있었다. 울적해 하는 내게 아빠는 이렇게 말했었다.

- 아들, 군대 무사히 다녀오면 아빠가 차 사줄게. 그러니 다치지 말고 건강하게만 다녀와.

아빠는 진심이었을 것이고, 나 또한 진심으로 기뻐하며 그 말을 간직했었다. 어릴 적부터 아빠는 언제나 나의 가장 친한 친구였으며 나를 위해서라면 뭐든 다 이뤄주는 슈퍼맨이었기 때문이다. 하지만 제대 후 그 약속은 지켜지지 않았다. 집안의 사정에 대해서 면밀히는 알지 못했던 나는 아빠에게 약간의 실망을 표현했고, 아빠는 그 약속이 기억나지 않는다고 했다. 하지만 지금에 와서 생각해보면 나는 그 실망을 표현하지 말았어야 했다. 아빠는 분명 나보다 더 정확하게 그 약속을 기억하고 있었을 것이고, 아들이 제대할 날이 다가오자 마음은 점점 더 조급해졌을 것이다. 모든 것을 다 해주고 싶었지만 자동차는 마음처럼 쉽게 구해질 수 있는 게 아니었을 것이다. 그래서 아빠는 오늘이 오기 전까지 아들이 처음으로 운전을 하게 될 차를 해부하는 심정으로 여러 번 점검을 했을 것이다. 그 약속은 내게는 금방 잊힐 아쉬움이었지만 아빠에게는 영원히 잊지 못할 미안함으로 남아있던 걸까. 약속은 더 미안해하는 사람이 간직하게 되는 슬픈 속성을 지녔다.

짧은 시운전을 마치고 다시 아빠의 사무실로 돌아갔다. 이제는 내가 스스로 차를 운전해 서울로 올라가야 할 차례였다. 그동안 가끔씩 차를 렌트해서 운전을 해왔던 터라 대수롭지 않게 여겼지만 아빠는 마치 오늘이 나를 볼 수 있는 마지막인 것처럼 걱정을 했다. 동료 아저씨들도 다시 나와 다 큰 아들 무슨 걱정을 그렇게 하냐고 너스레를 놓았지만 아빠는 어느새 내 옆자리에 탄 이후였다. 괜찮다고 사양하는 나를 보며 잠시 망설이는가 싶더니 양보하듯 말했다.

“알았다. 그럼 고속 터미널까지만 가자, 거기까지만이라도 같이 가자.”

거기까지만이라도. 더는 거절할 수 없는 표정과 마음이 담긴 언어였다. 우리는 그렇게 서울로 가는 고속도로에 들어서게 되었다. 별다른 대화는 없었지만 아빠는 앞으로 본격적으로 운전을 시작하는 내게 그동안 익혀온 운전에 대한 노련한 조언들을 아끼지 않았다. 날이 어느새 캄캄해지기 시작했고, 서서히 고속 터미널에 도착하고 있었다. 늦은 시간이라 아빠가 되돌아갈 버스에 좌석은 남아있는지 걱정이 됐다. 게다가 버스를 타더라도 다시 청주 사무실에 들렀다가 대전으로 퇴근을 하는 머나먼 여정이 남아있을 텐데 옆 좌석의 아빠는 여전히 내게 주차 잘하는 방법을 열정적으로 설명해 주고 있었다. 고속터미널에 주차를 하고 같이 저녁 식사라도 할 생각이었지만 아빠는 괜찮다며 운전 조심하라는 흔한 말만 남겨둔 채 나를 차 안에 남겨두고 홀연히 뒤돌아 떠났다. 그렇게 잔소리를 하며 힘들게 여기까지 왔는데 이렇게 무덤덤하게 되돌아가도 되는 것인가. 자신의 몫이라고 여겨왔던 약속을 지켜주지 못한 것에 대한 자신만의 작은 의식이었던 것처럼, 청주에서 서울까지 오는 그 시간 동안 내게 무수한 걱정과 미안함을 쏟아낸 아빠는 약간의 짐을 덜어낸 듯 가벼운 발걸음으로 돌아섰다. 백미러로 멀어지는 아빠의 뒷모습을 한참 동안 바라보다 그의 말처럼 계란을 밟듯이 살며시 엑셀을 밟아 집으로 출발했다.

3부

구석이 편한 삶

나는 내 삶에 이렇게나 사람들이 많은 공간으로 흘러 들어오게 될 줄은 정말 상상조차 할 수 없었습니다. 어렸을 적부터 나는 기본적으로 숫기가 없는 아이였기 때문에 사람들에게 먼저 다가가거나 혹은 사람들을 먼저 끌어당기는 매력 같은 것은 없었던 것 같습니다. 운이 좋아 나 같은 사람에게 매력을 느껴 먼저 호감을 갖게 된 분이 있었다고 할지라도 그들이 내게 먼저 다가와 말을 걸기에는 나의 인상과 표정이 지나치게 날카로워 쉽지 않았을 것입니다. 사람들 사이에서 어떤 의미를 일찍 발견하지 못한 불운 덕분에 나는 사람보다는 예술에 흠뻑 빠져 그 시절을 열렬히 사랑하며 살아왔던 것 같습니다.

여러 가지로 변명을 할 수도 있겠지만 결국 나는 두려웠던 것입니다. 내가 아닌 다른 사람과 어떻게 대화를 이어가고, 관계를 맺게 될지, 그리고는 도대체 어떻게 그 관계를(유교에서 말하는 예의를 지키면서) 조화롭게 유지해 나갈 수 있는지에 대해서 막막하기만 했습니다. 게다가 그 사람들 사이의 관계라는 것을 계산적으로 이용해 자신의 이득만을 취하는 모습들에 환멸을 느끼기 시작하면서, 그리고 나는 계산적이지 않으려 그저 헛말을 하지 않고 중립을 유지하려다 보니 마치 나를 커다란 문제가 있는 사람처럼 여기는 환경에 처해지면서부터는, 인간이란 굳이 더불어 살아가야만 하는 동물인가에 대해 수천 번은 되물어 봤던 것 같습니다. 그것은 단지 교과서에서 배운 가설일 뿐 모든 개인에게 적용되는 것 같진 않습니다. 나고 자란 환경과 타고난 천성과 길들여진 정서와 감성을 비롯해 어느 것 하나 똑같은 것 하나 없는 사람들이 더불어 살아간다는 것은 어쩌면 전부 인내심 덕분인지도 모릅니다. 공동체라는 것을 유지해야 하기 때문에, 적당히 자신을 숨겨야 살아남을 수 있는 사회이기 때문에, 그리고 그렇게 하는 것이 온당하다고 배워왔기 때문에, 개인적인 성향이 강한 사람들도 어떻게든 이 사회와 집단에서의 삶과 정치를 버텨내려 필사의 발버둥을 치게 되는 것입니다.

사회화라는 것은 엄밀히 말하자면 타고난 성향을 억누르고, 사회에서 다른 사람들과 함께 살아가기에 무리가 없을 만큼 개조시키는 것입니다. 본인의 색깔을 적당히 숨겨야만 사회적 물의를 일으키지 않을 수 있다는 것인데, 안타까운 것은 사회화가 진행될수록 자신의 자아는 슬며시 모습을 감추려 한다는 것입니다. 이를테면 나의 경우에는 남들보다 조금은 늦게 집단에 뛰어들게 된 케이스인데, 그전까지지는 혼자 할 수 있는 직업만을 고수하며 살아오다가 갑작스럽게 특색이 강한 집단에 적응을 해야 한다는 사실은 마취도 없이 생살을 도려내야만 하는 대수술과도 같은 일이었습니다. 혼자만 잘하면 되는 일들만 해왔었고, 그 덕에 자아는 강해질 만큼 강해졌고, 생각의 깊이와 두께도 본의 아니게 끝없이 확장되고야 말았는데, 그것을 통째로 숨기거나, 가라앉히거나, 잘라버려야 하는 입장이 된 것입니다. 그것이 가능하게 되었다면 이제는 심화단계로 넘어갈 차례입니다. 사회에서 만난 사람들에게 마음이 갈지라도 철저하게 자신의 밥그릇은 스스로 챙겨야 하며, 앞뒤가 다른 사람이 될지라도 윗사람과 아랫사람을 대할 때의 모습은 달라야 한다는 것도 포함됩니다. 좋은 사람이 되는 것과 좋은 직원이 되는 것은 완전히 다른 이야기이며, 좋은 사람이 되어봤자 모두에게 만만하게 보여 밥그릇을 뺏길 뿐이라는 조언을 가장한 고집들을 많이 듣습니다. 한마디로 정리하자면 곰처럼 살지 말고 여우처럼 살아야만 사회와 집단에 제대로 융화될 수 있고, 윗사람들의 신임을 받아 회사라는 공간에서 야망을 품을 수 있다는 것이겠지요.

나는 왜 유별난 사람이어서 아무것도 아닌 것들에 환멸을 느끼며 내 살을 좀먹으며 살아가는지 모르겠습니다. 적당히 무뎌질 때도 지난 것 같은데 어째서 나의 기질은 시간이 지날수록, 내면에 화가 스트레스가 쌓일수록 점점 더 색깔이 짙어져만 가는지 알 수 없습니다. 조직 내에서 사회 부적응자라는 꼬리표가 붙은 사람들에 대해 가만히 다시 생각해 보게 됩니다. 관리하기 까다로운 사람일수록, 획일화에 방해가 되는 사람일수록 너무도 쉽게 부적응자라는 말을 달고 살게 됩니다. 타인에게 피해를 주지 않는다면 다만 혼자가 편한 사람들일 뿐일지도 모르는 일인데 저런 꼬리표는 너무도 가혹하다는 생각이 드는 것이 사실입니다. 물론 그들이 타인에게 피해를 주지 않고 있다는 가정이 있어야만 하는 건 분명한 조건임에 틀림이 없습니다. 하루에도 수천 명의 사람들이 나를 스쳐 지나가는데, 나는 그들을 상대해야만 하는 직업을 갖고 있고, 게다가 그들 중 몇몇의 사람들은 내 주변에 두고 일정 기간 동안 머물며 같이 지내야만 합니다. 그 사람들 사이에서 정치가 시작되고, 시키지 않아도 편이 나뉘며, 특유의 규칙도 생기고, 부실없는 마찰들 또한 끊이질 않게 됩니다. 사람들이 이런 것들에 어떻게 환멸을 느끼지 않고 살아가는지, 그리고 조직의 생활과 정치에 최적화된 사람들의 마음과 각오는 도대체 얼마나 단단하고 간절한지, 이 모든 것이 단지 내가 아직도 유약하고 터무니없이 순수를 동경하는 탓인지, 나는 여전히 모르겠습니다.

사람들 사이에서, 관계의 피로 속에서, 그렇다고 당당하게 벗어날 수도 없는 무능의 현실과 불투명한 미래 속에서, 나는 여전히 나를 지우지 못한 채 이렇게 투덜거리며 살아갑니다. 이 모든 환멸과 부적응의 틈 사이에서도 피어나는 진짜의 마음들이 있기 때문에 나는 종종 넘어져도 다시 일어설 수 있겠지만, 나는 앞으로의 내 모습이 정말이지 궁금합니다. 누군가 몰래 나의 미래에 대해 귀띔이라도 해준다면 그보다 더 행복한 일이 어디 있겠습니까.

이 세상의 적당한 행복과 적당한 슬픔을 모두 체험할 수 있게 되기를, 그리하여 조금 더 상대방을 너그럽게 이해할 수 있을 만큼 넓어지고 깊어지기를, 그리고 오늘의 다짐이 마지막이 아니기를.

녹음하던 날

오늘 두 번째 산문집인 '우리는 서로를 모르고'를 오디오북으로 녹음했다. 얼마 전 관련 업체의 대표님이 책에 관심을 보여주셔서 재밌고 좋은 경험이 될 것 같아 들뜬 마음으로 함께 진행하기로 했었다. 사실 출간이 되고 한 번도 제대로 정독해보지 않았던 책이다. 아무래도 자신이 쓴 책을 다시 읽어본다는 것은 민망함을 감당해낼 용기가 필요한 일이기 마련이니까. 녹음실은 압구정에 위치하고 있었다. 대표님이 업체의 사람들을 소개해 줬고, 나는 간략한 설명을 듣고 홀로 녹음실 부스 안으로 들어갔다. 언제나 사진이나 방송으로만 접해오던 녹음실이라는 공간에 들어서니 설렘과 이질감이 동시에 들었다. 머리에 헤드폰을 쓰고 솜사탕만 한 동그란 마이크로 음향 테스트를 했다. 고급 장비를 통해 변변찮은 내 목소리도 조금이나마 더 근사하게 들리는 것 같았다. 평소에 일을 하면서 기내방송을 자주 해오고는 있지만 책을 낭독한다는 건 뭔가 발표를 한다는 느낌보다는 약간의 다정함과 나긋나긋함을 첨가해야 할 것 같았다. 많이 읽혔던 산문 위주로 우선 녹음을 시작했다. 긴장을 한 탓인지 자꾸만 말이 빨라지고 꼬일 때도 많았지만 이 정도면 괜찮은 것이라고 유리 벽 너머로 웃어주시는 대표님과 엔지니어님의 배려 덕에 편안한 마음으로 읽을 수 있었다.

틀리지 않으려고 또박또박 최대한 집중해서 읽다 보니 어쩐지 처음으로 그 글들을 써 내려갔던 날들의 기억이 살아나는 것 같았다. 유년 시절에 대한 기억과, 마음에 남아있는 감정, 그리고 사회 초년생이 된 늙은 소년의 적응기까지. 단어 하나까지도 정성을 다해 읽게 되니 마치 지금 녹음실에서 다시 글을 써 내려가고 있는 것 같았다. 그런데 출간된 지 불과 2년도 채 되지 않은 책인데도 읽다 보니 어쩐지 아주 오랜 세월이 지나간 것 같은 기분이 들었다. 기억도, 감정도, 치기도, 아주 저만치 멀리로 달아난 느낌이랄까. 설마 그 짧은 시간 동안에도 내가 많이 변해버린 건 아닌지 덜컥 겁이 났다. 모르는 사이에 너무도 정확하게 사회에 물들고, 사람들이 원하는 모습으로 아무런 저항 없이 변해가고 있었던 건 아닐까. 사람은 간절하고 절박한 순간이 찾아와야지만 제대로 변한다고 하던데, 그렇다면 그동안의 나에게는 얼마나 간절하고 절박한 순간들이 많았던 걸까. 생각해보면 특정한 사건보다는 마음이나 감정에 절박했던 날들을 많이 지나온 것 같다. 잘하고 싶은 마음과는 반대로 흘러가던 관계들, 손쓸 방도가 없던 가족의 병세, 여전히 계산에 밝지 못하고 쉽게 상처를 받는 유약한 심성 같은 것들. 하지만 걱정이나 아픔들보다 따뜻한 마음을 받았던 날들이 더 많았다. 관계에 미련만 많을 뿐 좀처럼 먼저 다가서지 못하는 내게 먼저 다가와 준 인연들이 많았다. 어른인 척 살아가며 이제는 계산적이지 않은 관계에 대한 욕심을 거의 내려놨었는데, 그들은 내 곁을 스치지 않고 여전히 머무르고 있다. 아무런 대가도 없이, 기대도 없이, 그들은 그들이 갖고 있는 온기를 끊임없이 내게 전해준다. 아마도 그 절박하고 간절했던 온기가 나를 좋은 쪽으로 이끌고 있는지도 모른다.

글을 쓸 때는 스스로 중간에 쉬어갈 수 있지만 녹음은 웬만하면 한 번에 읽어내야만 한다는 적잖은 부담이 있었다. 그래서 좀 더 좋은 결과를 내보고자 휴식도 없이 욕심을 낸 탓인지 생각보다 체력이 많이 소진되었다. 이렇게 가만히 앉아서 낭독을 하는 것도 이렇게나 어려운데 그렇다면 성우분들은 온종일 녹음을 하면 얼마나 지칠까. 나머지 분량에 대한 녹음은 다음으로 기약하고 애써주신 분들과 헤어져 집으로 돌아가는 먼 길에 올랐다. 살아갈수록 인연의 스침과 머무름에 대한 생각이 깊어진다. 스친 것 같아도 언젠가 문득 내 앞에 나타나는 사람이 있고, 스친 줄 알았지만 단 한 번도 내 곁을 떠난 적이 없던 사람도 있고, 그리고 머무르기만 했을 뿐 서로 아무런 교류가 없던 사람도 있다. 언제나 스침은 작별이고, 머무름은 인연이라고만 생각해 왔는데, 이제는 그것조차도 나의 협소한 편견이었다는 것을 아프게 알아간다. 아마도 삶의 마지막 순간이 오기 전까지는, 그 어떠한 생각도 편견이 될 수 있지 않을까.

몽상의 세계

정확히는 기억나지 않지만 언젠가부터 화창한 날에는 집에만 머물다 비만 내리면 밖으로 나가고 싶은 강한 충동에 이끌리기 시작했다. 약속이 있는 것도 아닌데 어떻게든 집에서 탈출해야만 할 것 같았다. 대충 옷을 챙겨 입고, 슬리퍼를 신고, 우산 하나를 달랑 들고 밖으로 나가면 그제야 살 것 같았다. 우산으로 쏟아지는 빗줄기의 감촉을 느끼며, 땅을 딛고 발목으로 튀어 올라 포말이 되는 빗방울의 소멸을 관찰하며, 서둘러가던 차들과 사람이 속도를 늦추기 시작하는 모습을 바라보며, 비는 정신없이 앞으로만 향하는 세상에 서서히 여유를 되찾아주는 역할을 한다고 생각했다.

사정이 있어 밖으로 나갈 수 없는 날에는 창밖으로 내리는 비만 하염없이 바라봤다. 단지 비가 내릴 뿐인데 늘 바라보던 바깥의 풍경은 온데간데없고 운치 있고 아늑한 새로운 풍경으로 가득했다. 각양각색의 우산을 쓰고 걷는 사람들을 위에서 내려다보면, 우산만 나란히 동동 떠다니고 있는 것 같기도 하고, 모두들 유치원에 다니는 아이들처럼 귀여운 모습이었다. 빗물이 고인 웅덩이를 피하는 발걸음은 조심스럽고, 빗줄기가 우산 속으로

들이칠까 몸을 한껏 움츠린 모습이 참 앙증맞았다. 창가에 맺히는 빗방울을 보고 있으면 바깥이 안으로 들이치는 것 같아서 외출하지 못한 적적함이 달래지곤 했다. 가끔씩 우산을 들고 가지 못해 비를 홀랑 맞고 집에 돌아올 때도 있었다. 그럴 때는 정수리부터 발톱까지 빠짐없이 흠뻑 젖었어도 우선은 불쾌함보다는 상쾌한 기분이 먼저 들었다. 물론 바닥에 뚝뚝 떨어지는 물과 세탁은 번거로움이 되겠지만 그 정도 수고쯤이야 대수롭지 않다는 듯이 젖은 상태를 만끽했다. 그러다 몸이 조금 쌀쌀해지기 시작하면 그제야 피부에 바짝 달라붙은 옷을 하나씩 벗기 시작했다. 언젠가 어린 시절에 비에 젖은 옷을 간신히 다 벗어놓고 비 오는 날은 온 세상이 놀이터로 변한다고 생각했다. 그리고 불현듯 앞으로 평범함에서 조금은 벗어난 삶을 살아가게 될지도 모르겠다는, 예감이 엄습하기도 했다.

어쩌면 예감은 정확하게 현실이 되었는지도 모른다. 비만 오면 다른 사람이 되어 축축하게 가라앉아 감성의 숲속에서 빠져나오지 못하는 걸 보면 어린 시절의 나는 탁월한 예지력을 갖고 있었던 게 분명하다. 비에 취약한 사람이라니, 비 오는 날마다 감정이 요동쳐 뭔가를 쓰게 되는 사람이라니, 현실이 아닌 몽상 속을 살아가는 사람 같기도 하다. 알고 보면 단지 비에 취약한 게 아니라 비가 데려가 주는 몽상의 세계에 취약한 게 아닐까. 그 안에서는 모두가 낭만적이고, 모두가 순수와 동심을 잃지 않은 채로 살아가고 있으니까. 게다가 이미 사라진 사람들까지 여전히 그곳에서는 분명하게 살아가고 있으니까. 몽상도 여행이라면 비 올 때마다 여행을 떠날 수 있다는 말인데, 그렇다면 나는 계절마다 짧은 여행을 떠나고, 급기야 장마가 찾아오면 언제 돌아올지 모르는 멀고도 긴 방랑을 시작하는 것이 아닐까. 몽상가가 현실에서 할 수 있는 일이란 현실의 갈라진 틈 사이에 조금의 몽상을 심어주는 것, 그리고 현실에 뿌리를 내린 몽상이 적당히 자라날 수 있도록 세심하게 보살펴주는 것, 마지막으로는 몽상이 꽃이 되어 만개하기 직전에 꺾어주는 것이다. 그래야 몽상은 아름다운 몽상으로 남을 수 있고, 그래야만 또다시 몽상을 심을 수 있는 틈이 생길 수 있으니까. 오늘도 비가 내리고, 나는 언제나 그랬듯 또다시 몽상의 세계로 들어선다.

빗소리를 들었는데 비는 내리지 않고 있었다. 꿈을 꾼 것도 아니었다. 비는 어디에도 존재하지 않았다. 그리움의 대상은 상상만으로도 환청이 들릴 만큼 간절한 것일까. 짙은 그리움은 현실을 지우고 사람을 꿈속으로 데려간다. 창문 밖만 하염없이 바라본다.

배달이 늦어질 때

주문한 음식이 한 시간 반이 지났는데 도착하질 않았다. 창밖으로 비가 주룩주룩 내리고 있었다. 오늘 같은 날에 배달 음식을 주문하는 게 조금 미안하기도 했지만 냉장고에 물 밖에 없는 자취생의 허기는 죄책감을 넘어섰다. 비가 내리니 길이 몹시 미끄러울 것이고, 그만큼 배달부는 천천히 올 수밖에 없다는 생각을 하니 저절로 수긍하게 되었다. 하지만 두 시간에 가까워지니 조금씩 마음이 초조해지기 시작했다. 혹시나 배달 앱에서 오류가 났거나, 결제가 되지 않은 게 아닐까. 주문이 아무리 많이 밀리고 비가 내린다고 해도 두 시간을 기다린 적은 없었기 때문에 급기야 매장 번호를 찾아 전화를 했다. 배달부의 오토바이가 빗길에 미끄러졌다고 했다. 그래서 철가방 안에 담긴 음식들이 전부 도로에 쏟아지는 바람에 다급하게 다시 음식을 만들고 있다고 했다. 조금만 기다리면 금방 배달해 준다고, 혹시나 원한다면 환불도 가능하다는 말도 들었다. 사장님의 목소리가 너무 긴박하게 들려서 나는 어차피 점심때를 놓친 것 같아 기다릴 테니 천천히 배달해 달라고 말했다. 우리 집으로 오는 길에 미끄러진 것일까. 빗길에 미끄러졌다면 아마도 배달부가 많이 다쳤을 수도 있을 텐데, 아무래도 아까 사장님한테 물어볼 걸 그랬다. 그렇지만 사장님은 음식이 쏟아졌다는 말만 했지, 배달부가 교통사고를 당했다거나 다쳤다고는 하지 않았으니 별일 없을 것이라 안심했다.

창밖을 바라보니 비가 더욱 거세게 내리고 있었다. 가만히 비를 바라보고 있으니, 오래전 대학교를 휴학하고 카페에서 아르바이트를 하던 때가 떠올랐다. 빌딩 숲 사이에 위치한 작은 카페였지만 점심시간만 되면 그 숲속에서 나온 수많은 사람들이 모두 그 카페로 밀물처럼 밀려들었다. 단골들이 많은 덕분에 카페의 매상은 걱정이 없었는데 카페가 단골을 유지하는 방법 중 하나는 다름 아닌 배달 서비스였다. 지금은 배달 앱을 통해 배달이 되지 않는 음식은 이 세상에 없는 음식이라고 볼 수 있을 정도로 배달 시스템이 발달했지만, 그때만 해도 커피를 배달한다는 것은 발상의 전환과도 같은 일이었다. 전화로 주문이 들어오면 자전거를 타고 배달을 갔다. 보통은 회의에 들어가는 직장인들의 주문이 많아서 적어도 열 잔 이상씩을 담아 배달을 했는데, 그렇다고 한 잔만 주문하는 사람을 거절할 수는 없었다. 덕분에 카페 주변에 위치한 회사와 빌라들을 눈에 꿰게 되었다. 태풍이 상륙한 날도 주문은 계속되었다. 야속했지만 그것은 어디까지나 나의 사정일 뿐이었다. 우비를 입고 커피 바구니를 손에 든 채 사무실로 걸어 들어갔다. 우비에서 빗물이 뚝뚝 떨어져 사무실 바닥을 적셨다. 직원들의 눈이 나를 계속해서 따라왔다. 주문한 사람을 간신히 찾아가니 업무에 열중한 그는 나를 바라보지 않고 손가락 사이에 카드를 끼운 채로 내밀었다. 그리고는 잠시 바닥으로 뚝뚝 떨어지는 빗물을 바라보더니 순간 인상을 썼다. 내가 우비를 벗고 들어왔어야 했단 말인가. 주문이 밀려있어 서두르느라 그런 생각을 하지도 못 했던 게 사실이지만, 그래도 오늘은 태풍이 상륙한 날이 아닌가. 배달도 사람이 하는 것인데 오늘 같은 날 배달을 시켜놓고, 고작 바닥에 빗물 조금 떨어뜨렸다고 면전에서 싫은 티를 내야 했을까. 갑자기 화가 치밀어 우비를 벗고 따지고 싶었지만 영수증을 던지듯 주는 것으로 만족하며 사무실을 빠져나왔다. 값을 지불하기만 하면 사람이 눈에 보이지 않게 되는 것일까. 빗길에 자전거를 몰고 돌아오면서 이런 날에는 카페에서 먼저 배달을 쉴 수도 있었을 것이라는 아쉬움도 들었다. 물론 모두가 각자의 입장에서 익숙한 대로 행동했을 뿐이었겠지만.

전화를 끊고 20분 정도가 지나자 초인종이 울렸다. 우비를 쓴 배달부가 빗물을 뚝뚝 흘리며 문밖에 서있었다. 연신 늦어서 죄송하다며 사과를 하는 그에게 오토바이가 미끄러져서 다치시지 않았냐고 물었다. 그런데 그는 자신은 잘 모르는 일이라고 했다. 음식이 도로에 다 쏟아지는 바람에 자기가 대타로 배달을 왔을 뿐, 사고를 당한 배달부에 대해서는 알지 못한다고 했다. 그는 서둘러 음식을 내게 전달하고 다시 한번 죄송하다며 고개를 숙이고 돌아갔다. 아무도 사고를 당한 배달부에 대해서는 알지 못했다. 음식이 쏟아져 쓸 수 없게 된 것은 너무도 정확하게 알고 있었는데, 사람에 대해서는 알지 못했고, 궁금해하지도 않았다. 두 시간 늦게 배달 온 음식을 받아들고 생각에 잠겼다. 주문을 하는 사람과 배달을 하는 사람, 예전의 나와 입장 하나 바뀌었을 뿐인데, 나는 어느덧 배달을 하던 나의 상처를 없었던 일로 덮을 뻔했다. 떨어지는 빗물을 보고 인상을 쓰던 그 사람의 눈빛에 담겼던 경멸을 잊을 뻔했다. 누구나 각자의 사정이 있음에도, 그럼에도 들여다봐야만 하는 상대방의 사정도 있다는 것을 하마터면 잊고 지나칠 뻔했다. 비록 식사 때를 놓치긴 했지만 태풍을 뚫고 자전거로 배달을 가던 예전의 나를 떠올리면, 자꾸만 상대방의 사정이 궁금해졌다. 빗길에 미끄러졌다던, 그래서 음식이 전부 쓸 수 없게 됐다던, 음식을 배달하던 그 사람은 도대체 어디로 갔을까.

만개하는 말들

말을 예쁘게 하는 사람에게는 자연스레 마음이 간다. 분명히 똑같은 상황에서 똑같은 의미로 하는 말이지만 예쁜 말에는 마음을 매료시키는 꽃이 피어나고, 모나거나 서툰 말에는 상처가 담기는 우물이 생긴다. 사람들은 말보다 마음이 중요하다고, 진심만 있으면 말 같은 건 상관없다고, 말보다는 역시 행동이라고 생각하지만, 문장을 사랑하고, 마음을 표현하는 것에 열성을 다하는 나로서는 조금은 다르게 생각한다. 말과 행동은 양자택일의 문제가 아니다. 둘 중에 하나만 선택해서 사용하는 것이 아닌 둘을 적절히 섞어 상대방에게 건네는 것이다. 물론 사람마다 둘을 섞은 비율은 천차만별이지만 둘 중의 어느 하나가 빠지게 되면 불필요한 오해가 생기기 마련이다. 말뿐인 사람이 된다거나, 퉁명스러운 사람이 된다거나, 무심한 사람으로 몰릴 수도 있다. 물론 그런 성격들이 본모습이라면 어쩔 수 없는 일이겠지만 혹시나 속마음은 전혀 그렇지 않았다면 이것은 지극히 억울한 일이 아닌가.

말은 도자기를 제작하는 것과도 같아서 점토가 돌아가고 있는 물레에 양손을 세심하게 가져다 대는 것처럼 조심스러운 접근이 필요하다. 시를 쓰는 것은 아니지만 상황에 맞는 단어와 말투는 분명히 존재하고, 자신의 언짢은 기분이 상대방에게 직접적으로 전달되지 않도록 마음과 말을 진정시키는 훈련도 멈추지 않아야 한다. 말을 다듬는 것에 미숙한 나머지 마음과 다른 말로 상대방에게 상처를 준 적은 누구에게나 있지 않을까. 상처받은 상대에게 그 말은 진심이 아니었으니 이해해달라는 말처럼 연약하고 무기력한 말도 없다는 것을 우리는 알고 있다.

말은 과정이고 행동은 결과이다. 혹시나 결과만을 원하는 사람일지라도 과정이 따뜻하고 아름답다면 더욱 충만한 감정을 느끼게 되지 않을까. 가끔씩 말로 인해 마음이 소란스러운 날들이 찾아온다면, 말을 상대방에게 건네는 선물이라고 생각해 보는 것은 어떨까. 우리가 누군가에게 줄 선물을 고를 때처럼 세심한 마음으로, 상대방이 이 선물을 받게 되면 어떤 표정을 짓게 될까 궁금해하면서, 그렇게 단어를 고르고, 말투를 골라서, 정성껏 건넨다면, 우리의 말에서 향기로운 꽃이 만개할지도 모르는 일이다.

우리의 날들은 어디로 사라졌을까

가끔은 생각 없이 카톡의 연락처들을 들춰봤다. 살면서 연락처를 한 번도 변경하지 않은 까닭에 이제는 거의 칠백 명에 다다르는 사람들이 친구 목록을 가득 채우고 있다. 물론 그들 중 극히 일부만 실제의 지인이거나 친구이고 나머지는 전부 순간의 모임으로 알게 되었거나 카톡의 자동 동기화 기능으로 목록에 들어간 스쳐간 사람들이었다. 화면이 내려가면 사람들의 프로필 사진이 무심하게 올라온다. 애인과의 기념일에 찍은 사진들, 근사한 이국의 풍경 사진들, 새로 산 자동차의 앰블럼이나 쇼윈도에 비친 자신의 실루엣을 담은 사진들로 가득하다. 그리고 언젠가부터는 결혼식이나 아기의 출생과 성장을 알리는 사진을 올려놓은 사람들이 늘어나고 있는데 생각해보면 지금의 나이가 그 어느 것 하나 너무 이르지도 않고 늦지도 않은 시기인 것을 절감하게 됐다.

결혼을 알리는 사진들을 유심히 들여다봤다. 지금도 가장 친하게 지내고 있는 친구의 결혼과, 적당한 관계만 유지하고 있는 지인의 결혼과, 그리고 이제는 안부조차 알 수 없는 오래된 옛 친구들의 결혼 소식들이 뒤섞여있다. 철없던 시절 연인이었던 사람이 이제는 어엿한 두 아이의 엄마가 되어있었고, 학교를 같이 다녔던 동창들은 각각 어린 시절의 모습을 조금씩은 남겨둔 채 어른이 되어있었다. 그러다 더 이상 화면을 내리지 못하고 머물게 만드는 친구가 있었다. 방과 후 날마다 함께 시간을 보내던 그 친구는 사진 속에서 군복을 입고 앳된 신부와 환하게 웃고 있다. 결혼식 일자를 보니 벌써 삼 년이나 지난 시간이었다. 아마도 삼 주년을 기념하기 위해 예식 때의 사진을 프로필로 지정해 놓았던 게 아닐까.

우리는 한 마디로 단짝이었다. 집도 걸어서 이분도 채 걸리지 않는 같은 아파드의 같은 동에 살았고, 생김새도 비슷해 친구들과 어른들이 우리를 쌍둥이라고 부르기도 했으니까. 그 친구의 환하게 웃는 모습과 어설픈 유머가 보기 좋았다. 무엇보다 언제나 나를 먼저 생각해 주는 속 깊은 마음에 이끌려 방과 후에는 언제나 그 친구의 집에서 시간을 보내며 친구의 어머니와 누나들과도 가족처럼 지내곤 했다. 우리는 공부를 제외한 모든 것들에 어린 시절의 기력을 전부 쏟았다. 수영을 배우러 다녔고, 자전거로 여행을 떠났으며, 첫사랑의 마음을 얻기 위해 바보 같은 궁리도 함께 나눴다. 그 친구는 무엇이든 나보다 앞장서서 나를 이끌어줬다. 자전거를 타며 뒤처지는 나를 위해 멀리서 기다려줬고, 친구들이 나를 놀려대면 그 친구가 나서서 적당히 마무리 시켜줬다. 그렇게 우리의 해맑기만 했던 초등학교 시절이 끝나가고 있었다. 중학교도 같은 곳으로 입학한 우리는 여전히 등하교를 함께 했다. 변한 것은 아무것도 없었는데 다른 아이들이 그 친구를 괴롭히기 시작했다. 사춘기의 남자아이들이 누군가를 괴롭히기 시작하는 데에는 명확한 이유가 없었다. 그냥 마음에 들지 않는다는 이유가 전부일 때가 대부분이었다. 괴롭히는 아이들 중 몇 명은 나와 같은 반이었고, 심지어는 나와 친하게 지내는 아이들이었다. 어떻게든 아이들이 그 친구를 괴롭히지 않게끔 나는 아이들에게 그 친구를 칭찬하며 감쌌다. 하지만 괴롭힘은 줄어들지 않았고 급기야 아이들은 내게 이렇게 물어오기 시작했다. 바보 같은 애랑 왜 계속 다니냐고. 그때쯤 우리 사이에 또 하나의 장벽이 생겼는데 그것은 바로 엄마의 마음이었다. 학업을 위해 성적이 좋지 않은 그 친구와 너무 많이 어울리지 말라는 것이었다. 사실 그 친구와 친하게 지내면서 내 성적도 점점 더 떨어지고 있던 건 부정할 수 없는 사실이었다.

하지만 모두가 그 친구를 싫어해도 내게는 하나밖에 없는 단짝이었다. 그리하여 사람들이 반대할수록 더 가까이 지내려고 노력을 해봤지만 우리 사이의 연결고리는 어느새 느슨해지고 있었다. 아니 아마도 내 쪽에서 그 연결고리를 슬며시 풀어갔을 것이다. 언젠가부터 그 친구의 어설픈 유머가 바보처럼 느껴졌고, 날마다 놀기만 하는 모습이 한심하게 다가왔다. 아이들이 그 친구를 괴롭히고 있는 모습을 목격하게 되어도 예전처럼 뛰어가서 만류하지 않고 저만치 멀리서 바라보다 외면하게 되었다. 날마다 등하교를 같이 하곤 했는데 내가 먼저 일부러 일찍 가거나 늦게 가는 날이 많아졌다. 이렇게 어려움에 처한 단짝을 배신하면 안 되는 것을 알면서도 나는 그 친구와 더 이상 가깝게 지내는 게 불편해졌다. 그렇게 내가 우리를 연결해 주던 그 단단한 끈을 잘라버렸다. 그 뒤로 우리의 길은 달라지기 시작했다. 나는 학업에 열중해 간신히 인문계 고등학교에 진학했고, 그 친구는 공업고등학교에 진학해 졸업 후 바로 카센터에 취직을 했다고 전해 들었다. 집안 형편이 더 어려워졌고, 누나들은 서둘러 시집을 갔으며, 부모님은 사기를 당했다는 소식 또한 전해 들었다. 어쩌다 기끔씩 잠에서 깨보면 그 친구로부터 걸려온 부재중 전화가 찍혀 있었지만 나는 좀처럼 통화 버튼을 누르지 못했다. 한 번은 연말처럼 모두가 안부를 묻는 것에 용기를 내는 날에 그 친구로부터 메시지가 날아온 적이 있었다. 지금은 직업군인이 되었고 얼마 뒤에 결혼을 하니 시간이 되면 와달라고, 내가 어떻게 살아가는지 궁금하다고. 결혼식에 꼭 가겠다고 말했지만 결국은 용기 내지 못했고, 축하한다는 말만을 남겼다. 우리는 그렇게 한번 만나자는 무력한 약속을 해가며 지금까지 살아가고 있다.

지금에 와서 이렇게 부질없는 글을 써본다 한들 내가 단짝을 배신했다는 사실은 달라지지 않을 것이다. 그때야 철없는 마음에 그 친구를 멀리할 수밖에 없었다는 얄팍한 변명을 해볼 수는 있겠지만 어른이 되어서는 다시 한번 용기 내서 내게 연락을 해온 그 친구에게 내가 먼저 용서를 빌었어야 했다. 아니 내가 먼저 연락해 과거의 일들을 풀어내며 사과했어야 했다. 나는 분명 그럴 수 있었는데 왜 그러지 못했던 것일까. 어린 시절 단짝을 배신했다는 사무치는 죄책감이었을까. 아니면 단지 여전히 그 친구를 대하기 불편하다는 못난 거절이었을까. 하지만 결국 나는 과거의 떳떳하지 못했던 나로부터 또다시 도망치고 있는 것이 아닐까. 카톡에 저장된 프로필 사진들을 둘러보다 보면 그리움도 많아지지만 부정하고 싶은 과거의 기억들이 무수히 떠오른다. 부정하고 싶지만 너무도 분명하게 내가 있었던 순간과 내가 취했던 태도와 말들이 여전히 상대방과 나 사이 그 멈춰버린 시간 속을 부유하고 있다. 그 모든 것이 나였음을, 그리고 그 모든 일들이 내가 했던 일이었음을 인정한다. 과거의 시간으로 돌아갈 수는 없지만 과거로부터 이어지고 있는 순간에 개입해 볼 수는 있을 것이다. 그것만이 못났던 내가, 그리고 못난 내가 지금 조금이라도 뉘우칠 수 있는 방법이라고 믿는다. 아마도 그 시절 단짝이었던 그 친구는 자신을 멀리하려는 바보 같은 나를 위해 스스로 멀어져 줬던 게 아니었을까. 그 마음을 조금이라도 헤아려 볼 수 있는 사람이 된다면 그것도 참회가 될 수 있을까.

도시의 고독은 예고도 없이 밀려오고, 사람들은 갑작스레 찾아온 고독이란 짐승을 길들이지 못해 허탈한 내면에 끊임없이 관계라는 물을 붓지만, 고독의 날카로운 이빨에 물어뜯긴 내면은 바닥이 뚫린 독과도 같아서 아무리 물을 부어도 밑으로 새어나가기만 할 뿐 절대로 채워지지 않는다. 그리하여 사람들은 살아가면서 고독을 채울 궁리를 하며 늙어가지만, 어쩌면 길들일 수 없는 것을 길들이려는 마음과, 조금은 길들였다고 착각하는 마음도, 모두 욕심인지도 모른다. 고독이 야생에 어울리는 짐승이라면, 짐승이 우리를 찾아왔을 때 우리가 할 수 있는 것이라고는 잠자코 고독의 걸음을 지켜보는 것뿐이다. 너무 가까워지면 조금 뒷걸음질 치면서, 멀어지면 서서히 다시 움직일 준비를 하면서. 길들임보다는 유연한 관조의 자세로 고독을 체험하는 것이다.

아무것도 할 수 없는

새벽 두 시. 빗소리가 들려 본능적으로 창문을 열었다. 비는 이제 막 쏟아지기 시작한 듯 싱싱한 냄새를 풍기며 내리고 있었다. 달빛조차 먹구름이 집어삼킨 칠흑같이 어두운 밤하늘이었다. 거리에는 아무도 없었고, 떨어지는 빗줄기만 유일하게 거리의 침묵을 깨뜨리고 있었다. 한참이나 비 구경을 하다 창문을 닫으려는데 거리 저편에서 폐지 줍는 할머니의 리어카가 나타났다. 폐지로 가득한 리어카는 젊은 사람이 끌고 가기에도 무거워 보였다. 허리가 한참이나 굽은 그녀는 내리는 비에도 아랑곳하지 않고 평소처럼 느릿느릿 리어카를 끌고 거리를 지나가기 시작했다. 아랑곳하지 않은 것이 아니라 아마도 아랑곳할 수 없는 사정이 있었을 것이다. 그녀는 이 정도 비 따위는 나의 노동을 막을 수 없다는 듯 비를 맞으며 계속해서 나아갔다. 그러다 화단 옆의 벤치에 잠시 앉아 숨을 고르기도 했지만 오래 머물지 않고 다시 무릎을 짚고 일어났다. 평소에도 새벽만 되면 폐지 줍는 노인들을 많이 볼 수 있지만 어쩐지 비 오는 날에는 거리에서 오로지 그들만이 현미경으로 확대된 느낌이다. 그래서인지 가끔씩 지나가는 자동차보다도 그들이 더욱 커다란 모습으로 다가왔다. 그들이 리어카를 끄는 느릿하고 힘겨운 동작 하나하나가 슬로우 모션처럼 눈에 박혔다.

비는 맑은 날에는 숨어있던 불행의 민낯을 극명하게 보여주는 것일까. 불행이 아닐지라도 슬픔이나 우울 같은 가라앉은 감정들이 다시 태어나는 것처럼 고개를 내밀고 여전히 무탈한 자신의 존재를 알려온다. 맑은 날에는 몰랐거나 모른척했던 소외된 부분들이 비가 내리면 더 이상 외면할 수 없는 모습이 되어 다가온다. 비를 피할 수 없는 상황에 처해있거나 비를 피하는 것조차 체념해버린 사람들이 세상에는 많았다. 잘 사는 나라의 휘황찬란한 거리에도 노숙자들은 무방비 상태로 거리에 누워있었다. 그들은 비가 내려도 자리를 지키거나 혹은 귀찮다는 듯이 비를 피해 어디론가 걷고 있었다. 맑은 날에는 관광객들 사이에서 보이지 않다가 밤이 되거나 비가 내리면 어디선가 갑자기 나타났다. 세계적으로 유명한 관광지에도, 도시마다의 번화가에도, 숙소 바로 옆 거리에도 그들은 언제나 그곳에 머물고 있었다. 남녀노소와 인종을 불문하고 거리의 구석에서 한껏 움츠리거나 체념한 채로 세상을 바라보고 있었다. 지나가는 사람들이 가끔씩 지폐를 쥐여줘도 그들은 몽상에 빠진 사람처럼 멍하니 허공만 응시할 뿐이었다. 빗물이 한 벌뿐인 그들의 옷을 적셔도 그들의 표정에는 어떤 변화가 없었다. 가끔씩은 가족 전체가 거리에 앉아있었고, 젊은 여자가 갓난아이를 안고 담배를 태우고 있었으며, 술에 취해 도로 쪽으로 쓰러져 있다가 지나가는 차에 치이는 일도 있었다. 잘 사는 도시에 있을수록 그들은 더욱 매몰차게 겉

돌 수밖에 없었다. 도시의 번영과 행복은 그들을 포함하지 않았고, 그들은 도시에 속하지 못한 채 도시의 거리에서 생명을 이어가고 있었다. 세계의 많은 거리를 걸으며 느낀 것은 모두가 잘 사는 나라와 도시는 없다는 것이었다. 부자들만의 성 같은 동네가 있을지라도 그곳에도 어김없이 소외된 채로 부자들의 허드렛일을 도우며 생계를 이어가는 사람들이 있었다.

하지만 해외의 거리에서 그들을 바라볼 때나, 그들의 삶에 대해 짐작해 볼 때나, 지금 창문 아래로 폐지 줍는 할머니에게 눈을 뗄 수 없었던 까닭은 고작 연민이었을 것이다. 누군가는 분명 그들을 위한 작은 행동을 실천하는 삶을 살고 있을 텐데 나는 아무것도 하지 않았고 단지 이렇게 베란다에서 그들을 내려다보며 안타까워하고만 있다. 날씨와 계절에 상관없이 그들은 언제나 우리 곁에 있었다. 누군가가 맑을 수 있다는 건 다른 누군가가 그 맑음을 받쳐주고 있었기 때문이라는 것을 아프게 배워간다. 그들은 눈에 보이지 않았던 게 아니라 단지 내가 외면했던 것일 뿐이다. 쏟아지는 비를 좋아한다는 사실이 조금은 초라해진 날이었다.

태풍이 지나간 하늘에는 선명한 구름만이 남았다. 태풍은 인간의 선악과는 상관없이 가리지 않고 모든 것을 휩쓸어 버리는 냉정하고 무심한 존재이지만 가끔은 본질을 볼 수 있게 해주기도 한다. 가장 소중했던 것이 무엇이었는지, 무엇이 껍데기에 불과했는지, 그리고 무엇부터 다시 되찾아야만 하는지, 혹시나 돌이킬 수 없다면 어떻게 떠나보내야 하는지까지도. 태풍을 견뎌야 맑은 하늘을 볼 수 있는 것처럼, 우리도 어쩌면 그렇게.

목소리를 망설이는 사람

전화 통화를 두려워하는 사람을 '콜 포비아(Call Phobia)'라고 부른다. 말 그대로 상대방과 문자가 아닌 직접적인 목소리를 주고받는 음성통화를 두려워하는 것인데 전문가들은 이 현상을 스마트폰 시대의 자연스러운 흐름이라고도 한다. 모든 것을 메신저로 해결할 수 있고, 때로는 이모티콘이 어쭙잖은 말보다 감정을 훨씬 더 효과적으로 전달해 주기 때문일까. 구태여 통화를 해야만 하는 일들이 줄어들다 보니, 통화에서 점점 더 멀어지고, 그렇게 이제는 전화벨 소리만 들려도 긴장하는 콜 포비아가 늘어나는 것일까. 하지만 시대의 흐름과 전혀 상관없이 애초부터 콜 포비아로 살아온 사람도 있을 텐데 어쩌면 나의 경우가 정확한 본보기일 것이다. 스마트폰이 세상에 나오기 훨씬 이전부터 핸드폰을 쓰기 시작했고 물론 그때도 카톡이 없었을 뿐 문자메시지는 사람들이 가장 많이 사용하게 된 연락수단이었다. 전화와 달리 내가 답장을 하고 싶을 때 신중하게 낱말들을 선택하고 배열해서 보낼 수 있다는 게 참 매력적이었다. 한번 보낸 문자를 주워 담을 수는 없었지만, 보내기 전에 충분히 생각을 거치기 때문에, 말보다는 주워 담고 싶은 일이 '그나마' 많지 않았다.

문자가 유행이던 시절에도 전화 통화만을 고집하던 사람들은 많았다. 문자를 나누다가도 불쑥 전화를 했고, 내가 받지 않으면 받을 때까지 계속 전화를 하는 사람도 있었고, 별다른 할 말이 없을지라도 그냥 전화를 하는 사람들도 있었다. 하지만 나는 전화벨이 울리면 심장부터 떨리던 아이였다. 단순한 표현이 아니라 실제로 심장부터 반응했다. 벨 소리나 진동과 함께 핸드폰 액정에 뜨는 발신자의 이름이 명멸하며 얼른 전화를 받으라며 재촉하는 것 같았다. 그때부터 생각에 잠기기 시작했다. 이 사람이 대체 무슨 일로 내게 전화를 한 것일까. 문자로 이야기하면 될 텐데 뭔가 문제가 생긴 것일까. 책상 위에서 요란한 소리를 내며 진동하는 핸드폰을 바라보며 망설이다 보면 어느새 전화가 멈췄다. 받아볼 걸 그랬나, 하는 생각도 잠시 이내 다시 전화가 울리기 시작하면, 또 다시 생각에 잠기게 되고, 그러다 하는 수없이 받아보면 대부분은 대수롭지 않은 일들이었다. 왜 이렇게 전화를 받지 않느냐는 핀잔을 매일 달고 살았지만, 갑자기 걸려온 전화를 받는다는 것은, 이해할 수 있을지는 모르겠지만, 핀잔보다 더 커다란 당혹스러움이었고 두려움이었다.

물론 나도 가족이나 좋아하는 사람들의 전화는 그럭

저럭 잘 받았다. 그들은 이미 내 삶에 있어서 너무도 소중한 사람들이었고, 그만큼 이유가 없어도 전화를 할 수 있는 사람들이었으니까. 그럼에도 가끔씩은 이들의 전화도 받기가 꺼려질 때도 있었는데, 그때는 바로 통화 내용을 주변 사람들이 다 들을 만한 장소에 있었을 때이다. 나의 사적인 대화를 누군가 듣고 있다고 생각을 하면 전화 말투도 딱딱해지고 평소처럼 그 사람과 편하게 대화할 수 없었다. 그런 상황을 제외하고는 나의 모든 콜 포비아는 친하지 않은 불편한 사람들로부터 비롯되었다. 낯선 목소리가 귀에 전해지고, 침묵 속에서 서먹한 대화가 간신히 이어지고, 원하지 않는 약속을 잡아야 할 것 같은 그런 상황들. 그중에서 가장 불편한 상황은 이제 나에 대해 전화를 잘 받지 않는 아이로 받아들일 만한 사람임에도 불구하고 구태여 내가 전화를 받아 들 때까지 계속해서 전화를 거는 일이었다. 그렇다고 내가 문자를 잘 읽지 않는 아이도 아니었고, 바로바로 답장을 보낼 수 있는데도 그 아이는 마치 문자메시지 기능이 없는 핸드폰을 사용하는 것처럼 무슨 일이냐는 나의 문자에는 아랑곳하지도 않고 곧바로 전화만을 걸어왔다. 참다못해 전화를 받아보면 태평한 목소리로 지금 뭐하고 있길래 이렇게 전화를 받지 않느냐고, 별일 없으면 나와서 같이 놀자는 그런 이야기들...

세월이 지나 전화가 그렇게 두려웠던 어린아이도 사회에서 사람들과 섞여 밥벌이를 하며 살아가게 되었다.

그렇다고 지금은 완전히 콜 포비아를 극복한 건 아니지만, 이제는 사회에서 살아가려면 받지 않으면 안 되는 전화들도 많으므로 나의 의사나 상황은 상관 없어진 것이다. 그래도 이 모든 일련의 과정들을 문자로 해결할 수 있다면, 말보다 글에 익숙한 나에게는 훨씬 더 편안한 대화가 될 수 있을 테지만, 세상은 유별난 소수의 사람보다는 평범함에 가까운 대다수의 사람들에게 맞춰 흘러가는 곳이니까 나도 자신의 성향을 밀어붙이려 하지 않는다. 돌이켜보면 나는 전화가 두려웠다기보다는 사람 자체가 두려웠는지도 모른다. 가깝지 않은 사람을 간접적이고 신중한 문자보다 직접적이고 즉흥적인 전화로 감당할 자신이 없었던 걸까. 나는 문자나 편지로도 대화가 될 수 있다고 생각했는데 그것은 나의 욕심이었을까. 대부분의 사람들이 글보다 말이 편한 것이 사실인데 그렇다면 내가 내려놓아야 할 부분이 훨씬 더 많다고 믿는다. 다만 나의 고유한 성향을 알아주는 사람들이, 문자도 대화라고 생각해 주는 사람들이 곁에 있다면, 나는 나를 오래도록 잃지 않을 자신이 있다.

그 시절 시도 때도 없이 전화를 걸어 나를 불편하게 했던 그 아이는 언젠가부터 나의 가장 친구가 되었다. 내가 전화를 받지 않아도 그 아이는 단 한 번도 내게 서운해한다거나 화를 낸 적이 없었다. 물론 그만큼 예민하지 않고 무딘 성격이긴 하지만, 선인장 같은 나를 감당하기에는 가장 특화된 성격이기도 하다. 그때부터 지금까지 여전히 나를 포기하지 않고 있는 그 친구는 강물에도 휩쓸리지 않는 뿌리 깊은 나무처럼 내 안에 깊게 박혀있다. 외딴섬 같은 나의 삶에 망설임 없이 헤엄쳐 들어와줘서, 그리고 흘러가지 않고 머물러줘서 고맙다는 말을 해주고 싶다. 이제는 문자가 아닌 전화로.

서늘한 바람이 타고 들어와 온몸을 휘감는다. 올여름에 들어선 이후 처음으로 몸을 움츠리며 창문을 닫았다. 여름 이불, 여름 잠옷, 선풍기 등등. 집안에는 여전히 온통 여름의 흔적들뿐인데 날씨는 이미 가을에 들어섰다. 봄처럼 짧은 가을이 금세 지나가면 이내 혹한의 겨울이 찾아올 것이다. 준비되지 않아도 계절은 변하고, 어느새 찾아온 다른 얼굴의 계절은, 갑작스레 찬물에 몸을 담그는 것처럼, 일상을 화들짝 놀라게 한다. 우리는 변하는 계절을 따라갈 수밖에 없고, 어떻게든 그것에 적응하려 환경을 뒤바꾼다. 변화는 설렘이자 두려움이지만, 반복되는 변화는 감각을 무뎌지게 한다. 사실 계절이 바뀌는 것만큼 거대하고 신비로운 일도 없는데, 나는 창문 한번 닫는 일로 무심하게 변화를 맞이하고 있다. 대수로운 것도 없지만 그렇다고 무심코 스쳐 보내기에는 너무도 세심한 변화들로 가득한 환절기다.

가라앉은 날들

연일 최악의 폭염을 기록하고 있다는 무더운 날씨의 핑계를 대고 싶진 않다. 몸의 흐름이 어떠한 계기로 인해 어긋난 것인지 좀처럼 지쳐가는 체력을 회복해낼 방도가 없다. 길을 걷다 보면 끓어오르는 아스팔트 바닥에 내 몸도 상해버린 달걀의 노른자처럼 힘없이 풀어져 눌어붙을 것만 같다. 하지만 갑자기 세상이 갈라져 혹한의 추위가 엄습한대도 이 난조를 피해 갈 수는 없을 것이다. 영문도 없이 가라앉은 날들, 이라고 밖에는 표현할 수 없는 시간들을 부유하고 있다. 전화기 너머로 축 처진 나의 목소리를 걱정해 주시는 아버지에게는 '더워서 그래요' 라고 편리하게 둘러대며 절대로 속마음이나 일의 내막을 드러내진 않는다. 딱히 그것 이외에는 할 수 있는 말들이 없었다. 나는 가끔 목소리를 잃은 사람처럼 진심을 전하지 못하고 입모양만 뻥긋거리게 된다.

가라앉은 날들은 기형적인 날씨에도 완전히 소멸되지 않는 감기 바이러스처럼 점점 더 강해진 모습으로 내게 주기적으로 찾아온다. 운동이나 독서 혹은 사람들을 만나 기분 전환을 해보려 하지만 백신에도 내성이 생기듯 이것들은 얼마 되지도 않는 나의 스트레스 해소법에 완벽하게 면역력이 생겼는지 코웃음을 치며 좀처럼 물러가지 않는다. 이러한 날들은 심신을 자꾸만 어지럽히며 어딘가에 몰두할 수 있는 집중력을 앗아간다. 그리고는 나라는 인간을 다시 직립보행 이전의 시기로 되돌리려는 듯 가까운 곳의 누울 만한 자리로 끈질기게 인도한다. 누워서 하는 일 없이 나의 삶을 시간에 묶어 허공으로 증발시키는 행위, 이것은 무기력의 촉매가 되어 바닥에 눌어붙은 나를 못으로 고정시키는 것과도 같다. 이것은 성실함과 생산성에 대한 강박이 아닐 수가 없다. 누군가 나의 삶에 들어왔다가 숨이 막혀 떠나버렸을지라도 나는 그것을 부정할 수 없을뿐더러 좀처럼 이 강박들로부터 해방되지 못한다. 내려놓고 싶다 하여 내려놓아질 수 있는 것이라면 나는 아주 오래전에 나를 옥죄이는 강박들을 내려놓았을 것이지만 이것들이 내게 뜻밖에 가져다준 축복에 대해 생각을 해보자면 아마 내려놓았던 것들을 다시 주우러 필사적으로 되돌아가지 않았을까.

내가 나를 진찰해볼 수 있다면, 그만큼 무식할 정도로 성실할 수밖에 없었던 나의 삶과, 그 강박으로 얻어낸 작은 결실들의 환희에 대한 중독이라는 진단을 내리고 싶다. 생각해보면 이것은 정말 심각한 악순환이라는 생각이 든다. 살아가다 보면 지치는 날들도 많기 마련인데, 지친 와중에도 성실함을 추구하니, 그것은 나를 더 지치게 만들 뿐이고, 결국 이것은 평소처럼 성실할 수 없는 자신에 대한 가학 행위가 되어 나의 심신을 고문하게 되는 것이다. 생각보다 아주 오랜 시간을 이렇게 살아왔다. 그 시간 동안 강박은 서서히 나를 원하는 모습으로 마모시켜 다시는 원래의 모양으로 돌아갈 수 없게 만들었고, 이제는 피부처럼 내게 체화되어 떼어낼 수 없는 관계가 된 것이다. 중요한 것은 아직은 내가 이것을 떼어낼 의지가 강하지 않다는 것인데 얼마나 소중한 걸 잃어봐야 간절함이 생기게 될지는 지금으로서는 알 수 없는 일이다. 사람을 한순간 갑자기 변하게 만드는 것은 오직 간절함뿐이라고 믿는다.

나와 강박은 서로에게 내성이 생겼다. 그래서 가라앉은 날들이 찾아와도 나는 이 시간들이 기승을 부리다 곧 끝나게 될 것임을 알고 있고, 게다가 내가 다시 얼마 버티지 못하고 나의 몸을 강박에게 내어주게 될 것 또한 알고 있다. 서로에게 계절처럼 순환하는 관계인 것이다. 강박은 해가 바뀔 때마다 혹은 몇 해를 건너뛰며 생김새가 완전히 바뀐 채로 몰래 다가오지만 결국은 똑같은 모습의 존재라는 것을 알아챈다. 아직 우리는 서로에게 먹히지 않고 다만 상생할 뿐이다. 아마도 나와 강박이 갖고 있는 힘이 대등하거나 서로를 극단으로는 밀어붙이지 않는 배려가 아닐까 싶다. 사람이 감정을 혹은 감정이 사람을 서로 해치지만 않는다면, 적당한 불안, 그리고 적당한 강박과 함께 살아간다는 것은 그리 해롭지 만은 않을 것이다. 불안은 우리에게 강박을 주고, 강박 속에서 우리는 스스로 성장한다.

비는 땅으로 곤두박질치지만 눈은 그렇지 않다. 같은 방향으로 떨어지지만 깨지지 않게 사뿐히 가라앉는다. 예전에는 비나 눈이 내리면 어떤 생각이나 감정의 결과물을 생산해내야 한다는 강박이 있었다. 지금은 그렇지 않다. 다만 온전히 이 모습들을 관찰하며 깊숙하게 잠기고 싶다. 비나 눈이 나를 어딘가로 데려다주기를 바라기보다는, 나를 정확하게 이 순간에 존재하게끔 만들어 주기를 바란다. 그것들의 힘을 믿는다.

진열된 욕망들

이미지가 홍수를 이루는 인스타 세상을 구경하다 보면 자산가처럼 보이는 사람들을 쉽게 접하게 된다. 평범한 사람이라면 꿈도 꾸지 못할 값비싼 차들을 몇 대씩 소유하고 있고, 한강뷰가 한눈에 들어오는 고층 아파트에서 살며, 고급스러운 옷 가게와 식당을 집 앞 슈퍼처럼 방문하는 사람들의 장면은 근사한 것은 말할 필요도 없고, 상당히 신기하고 흥미롭다. 내가 경험하지 못했고, 앞으로도 경험할 수 있는 확률이 극히 낮은 삶을 살아가고 있는 영화 속의 이야기처럼 다가오기 때문이다. 한마디로 그것은 어떤 면에서는 부러움의 극한에 닿아있는 삶의 모습이고, 한 분야에서의 경제적 성공은 존경받을 만한 일임에 틀림없다.

그들은 가끔씩 자신이 어떻게 지금의 자산가가 되었는지 훌륭하고 유익한 조언을 남겨놓는다. 그것은 실제로 커다란 도움이 되고, 조금이나마 자산가의 방향으로 갈 수 있는 방향을 마련해 준다. 하지만 가끔씩 자신이 '드디어' 자산가가 되었다는 사실과 일상의 근사한 이미지에 스스로 도취해 모든 가치 판단의 기준을 돈으로 삼는 글을 조언처럼 남기는 사람들을 발견한다. 자신이 살아온 방식처럼 노력하지 않으면 자신 같은 자산가가 될 수 없고, 그렇게 하지 않는 대부분의 사람들을 게으르고 무능한 사람이라며 비난한다. 비슷한 사람들이 몰려들어 그들의 발언을 찬양하며 분위기를 한껏 더 고양시킨다. 모든 사람들의 꿈이 오로지 부자로서만 살아가는 것은 아니라는 것을 모르는 걸까. 그런 사람들은 감정과 마음의 영역을 가난한 사람들이 쌓아올린 최선의 핑계라고 치부하며 코웃음을 친다. 갑자기 자산가가 된 당신은 돈으로 모든 것을 살 수 있다는 믿음에 사로잡혔고, 자산가가 되기 이전의 풍족하지 못했던 삶을 보상받겠다는 듯이 한국에서 자산가라면 최소한 갖춰줘야 하는 사치품들을 하나씩 장만해 가고 있다. 그것들을 무기 삼아 돈의 영역이 아닌(그런 것은 존재하지 않는다고 생각할지도 모르지만) 사랑이나 마음과 같은 눈에 보이지 않는 영역에 들어와 거래를 시도한다. 물론, 그 거래가 때때로 성사되기 때문에 그들의 자부심은 성벽처럼 견고해지고, 자신보다 경제적 지위가 낮은 사람이라는 판단이 서면, 곧장 우월감을 갖고 하대하기 시작한다. 이제 '남부럽지 않은' 자산가가 되었고, 자본주의 사회에서 가장 매력적인 무기를 갖췄는데, 구태여 눈에 보이지 않는 불편한 것들을 위해 노력해야 할 필요가 있겠는가.

어쩌면 모든 것은 돈으로 환산될 수 있다는 믿음을 갖

고 있다는 것 자체가 자신의 삶이 불균형의 극단에 치우쳐 있다는 것을 증명해 주는 게 아닐까. 운이 좋다면 너무 늦지 않게 돈으로 환산될 수 없는 소중한 가치들의 존재에 대해 깨닫게 되겠지만, 깨달음은 그것을 품을 수 있는 그릇이 준비된 사람에게만 찾아온다. 물론 이런 말들은 그들에게 한순간도 머물지 못할 것이다. 돈이 전부인 사람과 전부가 아닌 사람 사이에는 세상에서 가장 높고 두꺼운 벽이 있기 때문이다. 어느 한쪽도 옳거나 그르지 않지만, 그들은 서로에게 물과 기름처럼 섞여들 수 없다. 수많은 사람들 속에서 나와 같은 사람은 단 한 명도 없고, 그래서 상대성이 적용되지 않는 사람도 없는 세상이다. 그러니 서로 섞여들 수 없는 편이 가장 아름다울 수 있다면, 부디 서로에게 불편함이나 무례함으로 남진 말았으면 하는 바람이다.

마음이 가난한 사람들은 언제든 자신들에게 편안한 방식으로 생각을 정리해야만 살아남을 수 있다. 열등감에 사로잡혀 한없이 초라한 모습이 되기보다는, 다른 사람들을 밑으로 끌어내리는 편이 간편하고 안전하기 때문이다. 생각과 마음으로는 불가능한 것이 없지만, 끝내 덩그러니 홀로 남겨져 상처를 받게 되는 것은 가난한 자신의 마음뿐이다.

당신의 삶이 읽히는 장소

이사 갈 집을 구하러 다니고 있다. 잘 버리는 삶을 살아왔다고 믿었는데 혼자 살기 시작한 지 십 년이 훌쩍 넘는 세월의 흔적까지는 차마 버릴 수 없었던 것일까. 최소한의 가구와 옷가지들과 커다란 책장이 전부인데도 어째서인지 집은 자꾸만 비좁아졌다. 비좁아지다 못해 건잡을 수 없는 포화상태가 되어서야 계속 미뤄지던 이사를 이제야 결심하게 된 것이다. 부동산에 연락해 이른 아침부터 조건에 맞는 집을 둘러보기 시작했다. 방 두 개에, 거실 하나, 그리고 베란다가 달린 오피스텔 몇 개를 정해놓고 길을 나섰다. 우선 신축 건물들이 즐비한 동네에 들러 집을 구경했다. 건물 자체가 근사하고 깔끔했을 뿐더러 다양한 최신 옵션들도 구비되어 있었다. 이를테면 에어드레서나, 공기청정기, 그리고 무인 택배함 같은 편리한 것들 위주였는데 이 시대는 편리함과 프리미엄의 합성어인 편리미엄의 시대라 일컫는다는 것을 절감했다. 값을 지불하고서라도 시간과 체력을 절약할 수 있다면 사람들은 그것을 선택하고자 하는 것이다. 하지만 편리미엄도 좋지만 최근의 신축 오피스텔들은 대부분 생각보다 넓지 않았다. 분명히 방 두 개와 거실 하나가 있는 구조였고, 또 분명히 사진으로 봤을 땐 광활한 크기의 거실이었는데, 실제로 들어가 보니 과연 지금 살고 있는 집의 있는 침대가 들어갈 수는 있을까 의문이 들었다. 말 그대로 최소한의 투룸이었다. 조금은 널찍한 원룸에 벽으로 공간을 억지로 나누어 놓아 간신히 투룸이 될 수 있었던 구조였다. 아무래도 신축보다는 몇 년은 된 건물이 사람이 살만할 것 같다는 생각으로 다시 건물을 나섰다.

다음에 둘러볼 집은 사람이 살고 있다고 했다. 이사 날짜만 서로 잘 맞춰보면 언제든 입주할 수 있다는 말에 약간의 기대를 하고 있었다. 그런데 부동산 사장님이 집 비밀번호를 얻기 위해 집주인에게 아무리 연락을 해도 받질 않았다. 서너 번 정도 전화를 걸다가 포기하기 직전 잠에 취한 여자분의 목소리가 들려왔다. 이내 오 분만 시간을 달라는 말이 들려왔고 나와 사장님은 십분 정도 후에 벨을 눌렀다. 잠옷 차림의 젊은 여자분이 문을 열어주더니 금세 집에서 가장 구석진 곳으로 달아나 창밖을 구경하는 연기를 했다. 정말로 다급하게 정리한 듯한 무방비 상태의 집이었다. 거실에 세워진 빨래 건조대에는 그녀가 미처 치우지 못한 속옷들이 매달려 있었다. 집을 구경하러 온 것일 뿐인데 왠지 서로가 민망했고 죄를 짓는 기분이 들어 얼른 시선을 옮겼다. 집은 세간살이들이 가득 찬 탓에 좁아 보이긴 했지만 신축보다 시세가 저렴했고, 무엇보다 역세권이라 접근성이 좋았다. 조금 더 구체적으로 살펴보고 싶었지만 아무래도 집주인이 곁에 있으니 머뭇거리게 되었다. 화장실의 물도 내려보고, 벽도 두드려보고, 대략적인 실측도 해보고 싶었지만 그럴 수 없었다. 그래서 침실과 작은방을 정말 몇 초도 안되는 시간만 훑어보게 되었다. 가장 사적인 공간을 훑어보려니 뭔가 염탐을 하고 있는 기분이 들었는데 그럼에도 서로의 최선을 위한 불가피한 염탐이니 어쩔 수 없었다. 정말 집안 가득 짐이 많았는데 이상할 정도로 정리가 하나도 되어있질 않았다. 그러다 문득 침대 옆의 사진에 눈길이 갔다. 유니폼을 입고 환하게 웃고 있는 자신의 사진이었다. 그녀는 나와 같은 일을 하는 승무원이었던 것이다. 그래서 이 시간에 잠을 자고 있었던 것이구나.

순간 집안의 모든 사태가 자연스레 이해가 되었다. 이해 이전에 서비스직 노동자로서의 동질감이 들어서인지 그녀가 측은하게 느껴졌다. 누군가 밤샘 비행을 끝내고 집에 돌아와 단잠에 빠진 나를 깨워 집을 둘러보겠다고 한다면 나는 어떻게 반응했을까. 순순히 문을 열어주고 창밖만 하염없이 바라보는 그녀는 참 온순한 마음을 겸비한 타고난 서비스직 종사자인 게 아닐까. 아니면 창밖을 바라보고 한껏 찌푸린 얼굴로 우리가 얼른 나가주길 바라고 있을지도 몰랐다. 아마도 그럴 것이라는 짐작에 나는 대략적으로만 침실과 작은방을 둘러본 뒤 서둘러 집을 빠져나왔다. 실례가 많았다는 말은 이럴 때를 위해 만들어진 말 같았다. 우선 이 집은 목록에 담아 놓기로 했다.

다음 집은 집주인이 이미 비밀번호를 알려준 상태였기 때문에 쉽게 둘러볼 수 있었다. 이전의 집과는 반대로 이번 집은 세간살이가 없어도 너무 없었다. 누가 봐도 그냥 털털한 남자의 방이라고나 할까. 눈에 들어오는 것이 커다란 침대 하나 밖에는 없었다. 그리고 고급스러운 자전거와, 각종 테니스 용품들, 다소 많은 옷과 그루밍 제품들을 봤을 때 운동을 좋아하는 삼십 대 남자 직장인이 사는 집 같았다. 집의 구조를 봐야 하는데 자꾸만 사는 사람의 삶이 읽히고 있는 것도 우스운 상황이었다. 하지만 사람이 살고 있는 집에는 그 사람만의 정확하고 고유한 삶의 흔적들이 남을 수밖에 없다. 그런데 사람의 궁금증은 누구나 비슷한지 부동산 사장님도 덩달아 집뿐만 아니라 사는 사람에 대해서도 나와 비슷한 궁금증들을 갖고 있었다. 정신을 차리고 집의 구조만 봤을 때는 나쁘지 않았지만 바로 앞이 유흥가라는 것을 봤을 때, 지금 살고 있는 집의 주변 환경과 별다를 게 없을 것 같아서 과감하게 이 집을 목록에서 지우기로 했다. 그 이후로 두 개 정도의 집을 더 둘러봤다. 모두 사람이 살고 있는 집이었고 어느 집 하나 집주인의 삶이 그려지지 않는 집이 없었다. 사실 집의 구조는 크게 다를 것이 없었고 이들 중 하나를 골라야 한다면 여러 가지 체크리스트 중에 가장 많은 것에 합당한 집을 고르면 그만이었다. 그래서 구조를 빠르게 보고 난 후에는 집 상태에 따른 집주인의 직업이나 취미, 그리고 성격 같은 것들을 떠올릴 수밖에 없었다. 어떤 사람은 언제든 손님을 맞을 수 있을 것 같은 막 청소를 끝낸 집 상태를 유지하고 있었고, 또 어떤 사람은 어딘가 멀리 출장을 떠난 게 분명할 것 같은 아수라장을 유지하고 있었다. 사람의 흔적들로 가득하니 어쩐지 세간살이가 빠지고 난 뒤의 집의 모습이 잘 그려지지 않았다.

그런데 순간 이런 생각이 스쳤다. 나도 지금 살고 있는 집을 내놓은 상태인데 그럼 사람들은 내 집을 둘러보며 나의 삶을 그려보고 있을까. 그렇다면 나는 지금 누군가의 집을 둘러보며 감히 아수라장이라고 말할 수 없는 것이었다. 유니폼과 여행용 캐리어가 많은 내 집을 둘러보는 사람들은 분명 나의 직업을 바로 알아챌 것이고, 이불 정리도 하지 않은 침대와 책들이 아무렇게나 꽂혀 있는 책장, 그리고 빨랫감이 가득한 세탁기를 보고 무슨 생각을 했을까. 생각만으로도 얼굴이 화끈거렸고 집안을 구석구석 함부로 둘러본 아까의 여자분에게 또 한 번 실례가 많았다고 말하고 싶었다. 그렇지만 다른 사람에게 쉽게 읽히는 삶의 흔적이 그 사람의 전부라고는 절대로 말할 수 없을 것이다. 나의 경우에만 해도 그렇다. 책은 많지만 독서는 자주 하지 않고, 식기구는 많지만 요리 대신 배달 음식을 주로 먹는다. 모든 가재도구는 깔끔하게 생긴 것만을 들여놓았지만 정작 청소는 물론 이불 정리조차 제대로 하지 않는다. 그렇게 누구나 눈에 한 번에 들어오는 특징들로 삶의 모든 부분이 일관되게 설명되진 않는다는 생각이 들었다. 내가 가진 어떤 부분에서는 조금 힘을 풀고 나태해질 수도 있고, 또 어떤 부분에서는 전력을 다해 누군가와 사랑을 할 수도 있고, 그리고 어떤 부분으로는 적당한 힘으로 사회생활을 하고, 남는 부분으로는 이룰 수 없는 꿈을 꿀지도 모르는 일이다. 결코 내가 가진 모든 부분으로 일관되게 삶의 구석구석 온 힘을 쏟진 않는 것 같다. 그렇게 남들도 쉽게 읽을 수 있는 나의 모습과, 절대로 읽지 못하는 나의 모습들이 수없이 공존하는 상태가 지금의 나라는 사람이 아닐까.

이제서야 건네는 마음

오래 살던 곳에서 이사 가는 날. 아침 일찍 이삿짐센터 기사님이 찾아와 함께 포장을 하기 시작했다. 혼자 사는 남자치고는 짐이 많은 편이어서 모든 짐을 포장하는 데 까지는 생각보다 많은 시간이 걸렸다. 살면서는 몰랐던 언제 샀는지도 기억나지 않는 옷가지들이 옷장 구석에서 심심치 않게 발견되었고, 먼지만 뽀얗게 쌓인 식기구들도 창고로 쓰던 보일러실 안쪽에서 가까스로 형체를 드러내는 유물처럼 발굴되었다. 가구들이 하나씩 빠져나가니 서서히 집의 본연의 모습이 드러났다. 가득 채워졌을 때는 그렇게 비좁아 보였는데 비워지고 나니 이렇게나 널찍한 공간이었다는 사실이 새삼 와닿았다. 텅 빈 공간에 덕분에 그동안 잘 살았다는 작별의 인사를 건네고 오래도록 나의 공간이었던 그곳에서 완전히 빠져나왔다. 트럭에 짐이 간신히 다 실리고 이제 새로운 곳으로 출발하면 되는 상황이었는데, 저만치 멀리서 오피스텔의 경비 아저씨가 급한 용무가 있는 듯 서둘러 다가왔다.

"이제 못 보는 건가요?"

한마디 물음에 간신히 부여잡은 마음이 다시 먹먹해졌다. 이곳에 사는 동안 일주일에 두 번은 아저씨와 마주쳤다. 그때마다 환갑은 거뜬히 넘으신 아저씨는 해맑게 웃으며 인사를 건넸다. 내가 장거리 비행을 떠나려 짐을 한가득 끌고 나오면, "한참 있다가 오겠네요."라고 인사를 건넸고, 오랜만에 돌아와 주차를 하고 있으면, "고생했어요. 어서 들어가 쉬어요."라고 또 해맑은 웃음으로 나를 반겨주곤 했다. 원래 사람 자체가 유난히 밝으신 분이구나, 했지만 다른 거주자들에게는 이렇게 따뜻한 마음을 베푸는 것처럼 보이지 않았다. 삭막한 도시에서 갑작스러운 친절과 따뜻함은 예고 없는 기습처럼 다가왔다. 사실 내가 서비스업에 종사하고 있는 까닭에 서비스 제공자의 친절에 대해서는 신뢰가 두텁지 않은 편이다. 친절이 필수조건이 된 환경에서는 친절은 얼마든지 제작되기 마련이니까. 하지만 그런 환경 속에서도 진짜의 마음을 드러내는 사람들이 존재한다. 진짜의 마음은 고귀한 만큼 상처에 취약해서 쉽게 무너질 수도 있는 성질을 갖고 있는데, 그런 사람들은 무너짐에 아랑곳하지 않고 마음을 건넨다. 아저씨가 작업용 장갑을 벗고 내게 손을 내밀어 악수를 청했다. 그 해맑은 웃음과 함께. 내가 그의 손을 잡으니, 그는 나머지 한 손으로 마저 내 손을 감쌌다.

"새로운 곳에서도 좋은 일들만 가득하길 바랄게요."
"아저씨도 지금처럼 건강하세요."

스쳐 지나가는 사람들에게 더 따뜻한 온기를 느낄 때

가 많다는 건 어째서일까. 스치는 사람들이기 때문에, 그 작은 부분에 지나지 않기 때문에 잠깐의 인심이나 찰나의 친절이 오래도록 각인되기 때문인 걸까. 평소에 마주칠 때마다 음료를 사다 드려야지 결심만 해놓고 살면서 몇 번 사드린 적이 없었다. 트럭이 떠나기 직전 얼른 편의점에 뛰어들어가 따뜻한 꿀물 한 상자를 사들고 경비실을 찾았지만 그는 다른 작업을 하러 떠났는지 그곳에 없었다. 아쉽지만 내가 그의 마음을 알아봤듯이 그도 나의 마음을 알아줄 것이라 믿고, 음료를 책상 위에 가지런히 올려두고 나왔다. 이제서야. 너무 빨리 식지 않기를 바라며.

역시나 사람이든 장소이든 존재보다는 부재일 때 그 소중함이 더 절실히 다가오게 되는 것인가. 오래 머물던 정든 곳과 그곳을 채우던 사람들을 이제는 영원히 떠나야 한다는 기분은 마치 나의 그림자를 떼어두고 홀로 떠나는 것처럼 허전한 일이다. 하지만 언제나 그랬듯이, 누구라도 그러하듯이 지나간 일들은 빠르게 잊어가고, 새로운 공간과 일들에 빠르게 적응하겠지. 살아가면서 모든 것을 담아 갈 수 없다는 사실이 점점 더 다행이라고 여겨진다. 수많은 기억과 추억이 언제나 그대로 현재에 머물고 있다면, 우리는 그것에 사로잡혀 지금을 살아갈 수 없을 테니까. 트럭이 출발하고 오래도록 집이었던 장소가 멀어진다. 뒷거울에 비치는 주변의 익숙한 환경들이 점점 더 작아진다. 모든 것을 담을 수는 없다지만 지금의 이 장면만은 더 이상 작아지지 않도록 영원히 간직하고 싶다.

요즘은 기록을 남기는 것보다 사고의 전환을 비판적이지만 최대한 깊숙하게 받아들이며 살아간다. 삶의 두께만큼 두꺼워졌을 편견의 벽에 조금씩 미세한 금을 내며 언젠가 서서히 그 벽이 무너지기를 기다린다. 모든 것에 대해 아무것도 모른다고 생각한다. 아는 체하며 살아왔다고 생각한다. 사랑이라거나, 관계라거나, 철학이나 지론이라거나, 인간이 도달할 수 있는 깊이의 입구까지라도 닿을 수 있게 되기를 바란다. 우리의 태도가 만들어 가는 삶을 믿는다.

침대의 방향

이사를 마치고 첫날 밤이 되었다. 아무리 정리를 해도 끝이 보일 것 같지 않아 당분간은 살면서 차근차근 정리를 하기고 하고, 침대에 몸을 뉘었다. 전에 살던 곳에 비해 훨씬 널찍해진 공간이 어색하기만 했는데 그래도 집의 구조나 가격이나 마음에 쏙 들었다. 내일은 일찍부터 정리를 시작해야지 결심을 하고 눈을 감았는데 오토바이 소리가 심하게 들려 창문 닫는 것을 깜빡한 것 같아 다시 일어나서 거실로 나갔다. 그런데 창문은 완벽하게 닫혀있었다. 이상한 마음에 다시 침대에 누워 가만히 소리를 들어보았다. 차들이 지나가는 소리, 오토바이가 질주하는 소리, 큰 소리로 이야기하는 소리가 뒤섞여 창문을 관통해 귀로 전해졌다. 고층에 살다가 저층으로 이사를 온 탓일까. 아니면 단지 내가 예민한 탓일까. 아무리 도로변에 위치한 건물이지만 이 정도의 소음을 정상이라고 볼 수는 없었다. 관리실에 연락을 해보니 아직 그런 민원은 들어온 게 없다고, 혹시 잠자리가 바뀌어서 그렇게 느껴지는 게 아니냐는 무심한 답변만 돌아왔다. 집을 구할 때 시간을 두고 낮과 밤의 환경도 충분히 살펴봤어야 했는데 집 자체가 마음에 들어 서둘러 계약을 한 것이 화근이었던 걸까. 침실에서 들리는 바깥의 소음을 녹음해서 친구들에게 들려줘도 이건 너무 심한 것 같다고 모두들 고개를 끄덕였다. 하지만 오늘 이사를 마쳤는데 다시 어딘가로 떠날 수는 없었다. 어떻게 이 환경에서 적응할 방법을 찾아야 했다. 부동산에서 직접 시공사에 민원을 넣었지만 사실 그쪽에서 해줄 수 있는 것들이 없다는 걸 알고 있었다.

우선은 조금이나마 도로와 덜 가까운 다른 방에 들어가 눈을 감고 소리를 잠자코 들어봤다. 별다른 차이가 느껴지진 않았지만 그래도 도로변의 방보다는 낫겠다 싶어 침실을 이쪽으로 옮기기로 결정했다. 하지만 침대가 모든 원목을 분해해야만 옮길 수 있는 구조여서 가구회사에서 출장을 나와야 했다. 날짜를 예약하고, 그전에 소음을 줄이기 위한 내가 할 수 있는 것들을 했다. 암막 커튼을 설치하고, 에어캡을 창문에 이중으로 붙여두는 등등의 조치를 끝냈지만 역시나 별다른 차이가 없었다. 침대를 옮기기 전날에는 갑자기 침대의 방향을 두는 풍수지리에 대해 많은 검색을 해봤다. 지금까지 전혀 신경 쓰지 않고 살다가 우연히 생각이 난 김에 여러 사람들에게 물어봤다. 어른들 말씀이 틀린 게 없다는 사람이 있었고, 가구 배치하기 좋으면 그만이라는 사람이 있었다. 인터넷에도 수많은 정보가 있었다. 머리를 북쪽이나 화장실 쪽으로만 두지 않으면 된다는 정보와, 사람마다 알맞은 방향이 따로 있다는 정보도 많았다. 침대를 옮길 방에 들어가 나침반을 들어보니 복이 들어온다는 방향으로 침대를 두면 가구 배치의 각도가 나오질 않았고, 두 번째로 좋은 방향으로는 침대의 머리가 창가 쪽을 향했다. 창가의 소음 때문에 방을 옮기는 것인데 창가로 머리를 둬야 좋다는 믿음을 따른다는 건 어쩐지 모순적이었다. 결국 아무런 결정을 하지 못한 채 다음날 기사님 두 분이 방문했다. 침대를 분해하는 과정을 지켜보고 있자니 절대로 나 혼자서는 못했을 일이라 시도하지 않은 게 참 다행이었구나 싶었다. 기사님이라면 하루에도 몇 번씩 가구 배치를 하실 테니 풍수지리에 대한 정보를 많이 알고 계실 것 같아서 침대의 머리를 어느 쪽으로 둬야 좋은지 조심스레 여쭤봤다. 그랬더니 기사님은 웃으며 답변을 줬다.

- 저희는 고객님이 원하는 방향으로만 설치를 할 뿐이지 괜히 관여하지는 않아요. 혹시나 나중에 괜히 저희 때문에 집에 우환이 생겼다고 하시는 분들이 있을 수도 있고.

- 그것도 그렇네요. 선불리 가구 배치에 관여 못하시겠어요.

- 저도 어렸을 적에는 화장실 쪽으로만 머리를 두지 않으면 된다는 소리를 들으면서 컸지만, 살다 보니 그냥 현실적으로 가구배치하기 좋은 방향이 최고인 것 같아요. 풍수지리는 눈에 보이진 않지만 가구배치는 현실이잖아요. 눈에 보이지 않는 믿음을 따르려 당장의 현실을 희생하는 것도 좀 그렇고요.

눈에 보이지 않는 믿음을 위해 현실을 희생하지 말라니. 어쩐지 삶의 깊이와 철학이 느껴지는 말이었다. 물론 풍수지리가 완전히 미신은 아니고 자연과학이라는 입장도 많지만 지금으로서는 가구배치에 용이한 방향을 따를 수밖에 없었다. 결국 창가에서 최대한 먼 방향이지만 풍수지리에서는 추천하지 않는 방향으로 침대의 머리를 두게 되었다. 믿음보다 현실의 최선을 택한 것이다.

삶은 무수한 선택의 과정과 결과로 이어지고 있다. 그 선택의 순간마다 어떤 가치를 최우선으로 삼았는지 돌이켜보게 됐다. 어떤 순간에는 모두의 반대에도 불구하고 자신의 신념만으로 선택을 했고, 또 어떤 순간에는 모두가 고개를 끄덕이는 선택을 했다. 믿음으로 선택을 하거나, 현실적인 타협으로 선택을 하거나, 혹은 순간의 판단으로 말도 안 되는 선택을 하거나. 하지만 부정할 수 없는 것은 이 모든 선택에는 책임이 따른다는 사실이다. 조언은 많았겠지만 결국 마지막 선택을 한 사람은 바로 자신이라는 사실은 변하지 않는다. 누구나 지금의 상황에서 다른 사람의 목소리보다, 현실적인 타협보다 훨씬 중요한 가치를 간직하고 있지 않을까. 상식적으로 이해할 수 없는 선택일지라도 자신에게만큼은 최선이었던 선택이 많았을 것이다. 그 선택을 인정하고 끝까지 책임이 동반된다면 최소한 자신에게만큼은 떳떳할 수 있지 않을까. 소소한 일상의 사건에서도 삶을 바라보는 시선을 배워갈 수 있어서 다행이다.

문 앞에 두고 가주세요

정확하게 언제부터였는지는 기억나지 않는다. 수많은 사람들과 마주하며 일을 하기 때문인지, 그래서 그만큼 사람들에게 지쳤기 때문인지, 퇴근 후에는 되도록 사람과 마주하는 일을 만들지 않는다. 정말 소중한 사람이 아니라면 약속도 잘 잡지 않고, 혹시나 외출을 하게 되면 많은 일정을 몰아서 끝낸 뒤 다시 나만의 동굴 속으로 깊숙이 들어간다. 그리고는 사람으로부터의 스트레스가 적당히 사그라질 때쯤 다시 현관문을 열고 밖으로 나오게 된다. 혼자 사는 삶의 장점 중 하나가 고독을 선택할 수 있을 때 언제든 선택할 수 있다는 것이 아닐까. 나만의 공간에서 한 발짝도 나가지 않으면 누구와도 대면하지 않을 수 있게 된다. 그럼에도 하루에도 몇 번씩 허기는 찾아오기 마련이다. 요리를 즐기는 사람들은 집에서 얼마든지 끼니를 해결할 수 있겠지만 그렇지 않은 나로서는, 게다가 한국에 머무는 날들이 짧은 나로서는 식재료를 사다 두면 쉽게 상한다는 핑계로 부엌에 먼지만 쌓고 있다. 그렇다면 어쩔 수 없이 슬리퍼를 끌고 집 주변 식당을 찾을 때도 있지만 요즘처럼 거의 모든 음식이 배달 가능한 시대를 만난 덕에 나는 손가락 하나로 음식을 주문하고는 조금 더 완벽한 고립을 즐길 수 있게 되었다.

지금처럼 배달 앱으로 모든 주문이 가능해진 건 그리 오래된 일이 아니다. 이전에는 직접 식당에 전화를 걸어 음식을 주문하고, 배달원 님이 도착하면 그때 현금이나 카드로 결제를 하는 것이 일반적인 방식이었다. 하지만 이제는 보통 배달 앱에서 결제까지 마무리하기 때문에 내가 해야 할 일은 단지 음식 배달이 오면 현관문을 열고 음식을 건네받는 것뿐이다. 그런데 이상한 건 문을 열고 배달원 님과 눈을 마주하고 짤막한 인사와 함께 음식을 건네받는 그 몇 초도 안되는 찰나의 순간조차 부담으로 다가올 때가 많아졌다는 것이다. 생각해보면 일을 하며 유난히 사람들에게 지친 날일수록 잠깐의 마주침조차 감당하고 싶지 않았던 것 같다. 너무 과민한 반응이 아니냐고 묻는다면 부정할 수 없겠지만 온종일 사람에게 시달린 날이면 감정이 미세하게라도 소모되는 일은 가급적 피하고 싶어졌다. 그래서 그런 날이면 주문을 할 때 이렇게 메모를 남기곤 한다.

- 문 앞에 놓아주시고, 벨 누르고 가주시면 감사하겠습니다.

배달원 님의 입장에서는 참으로 삭막한 세상이라고 여길 수도 있겠고, 오히려 그쪽에서도 사람을 대하지 않아도 되고 시간도 절약할 수 있는 효율적인 메모라고 생각할 수도 있겠다. 초인종이 울리고 현관문을 열면 차가운 복도 바닥에 배달 음식이 덩그러니 놓여 있다. 그것을 집어 드는 모습이 마치 교도소에서 배식을 받는 장면과 흡사하다는 생각이 들기도 했고, 가끔은 복도를 지나가는 사람에게 그 모습을 들키고 약간의 수치심을 느끼기도 했지만 마음이 녹초가 된 날에는 그런 것쯤은 대수롭지 않게 여겨졌다. 무엇보다 가장 중요한 일은 잠시뿐일지라도 지친 마음이 재생될 수 있도록 불특정한 다수로부터 완벽하게 고립되는 일이었다.

오래전부터 사람의 몸은 소모품이라는 사실을 깨닫고 있었지만 마음마저도 소모품이라고는 차마 생각하지 못했다. 마음은 세월과는 상관없이 끊임없이 우러나오고, 스스로 정화되며, 멈추지 않고 재생되는 것인 줄 알았는데 생각보다 훨씬 연약하고 유통기한도 짧은 소모품이었다는 사실을 알아간다. 관절이 고장 나면 완벽하진 않더라도 인공관절을 사용할 수 있지만, 마음이 고장 나고 재생되지 않는다면 무엇으로 대체할 수 있을까. 누가 나를 대신해 삶의 모든 순간에서 비롯된 생생하게 펄떡이는 감정을 느껴줄 수 있을 것이고, 누가 나를 대신해 가슴 졸이며 그녀에게 사랑의 말들을 고백할 수 있을 것인가. 그 순간들이 비록 절망과 슬픔으로 끝나게 될지라도 살아있는 한 그 감정들을 마음 가장 깊숙한 곳에 품고 싶다. 느낄 수 있는 마음이 사라진다면 삶의 의미도 사라지게 된다. 그리하여 타인의 시선에는 조금 유난스러워 보이는 행동일지라도 그것이 타인에게 피해를 끼치지 않고 내 마음의 자정능력을 지켜주는 일이라면 조금도 물러설 생각이 없다. 직장에서나 사적인 관계에서나 좋은 이미지를 만들기 위해 구태여 내게 없는 나의 모습을 보여주려 애쓰다 마음의 유통기한이 끝난다면, 그때의 내 마음은 누가 책임져 줄 수 있을 것인가.

습관은 의식을 넘어선다

매일 아침마다 매는 넥타이인데 오늘따라 좀처럼 매듭이 지어지지 않는다. 본능처럼 셔츠의 깃을 세우고 목에 한번 두른 뒤 고리를 두 번 만들어 그 사이에 마지막으로 잡아 빼며 매듭을 마무리 지어야 한다는 것을 잘 알지만, 이상하게도 처음 정장을 입어보는 취업 준비생처럼 넥타이를 마치 목도리처럼 겸연쩍게 둘러맨 채 한참을 헤매고 있다. 이 방향이 아니었던가, 몇 번을 시도해봐도 도무지 그 익숙하다고 믿었던 방법이 기억나지 않는다. 출근 시간이 다가오는데 거울 속의 나는 사람들로 북적이는 놀이공원에서 엄마를 잃은 유치원생의 얼굴처럼 오갈 데 없는 가련한 모습이다. 몇 년을 매일같이 해왔던 반복 동작인데 어떻게 하루아침에 이렇게 까마득하게 잊을 수가 있단 말인가. 나는 급기야 모든 것을 내려놓는 심정으로 눈을 질끈 감고 다시 처음부터 차근차근 넥타이를 매보기 시작한다. 눈마저 감았는데 이게 과연 제대로 될까 싶었지만 이상하게도 내 손은 어제처럼 익숙한 방향으로 움직이기 시작하더니 끝내 매듭을 제대로 만들어내고야 말았다. 눈을 뜨고 재차 확인해봐도 전혀 엉성하지 않은 모습의 매듭이라 구태여 다시 고쳐 맬 필요도 없었다. 결국 지금까지 나는 매 순간 방법을 외우는 것이 아니라 몸에 새겨진 방향을 따르기만 했던 건지도 모르겠다. 어쩌면 우리는 생각보다 많은 삶의 부분들을 의식보다는 습관의 힘에 기대어 살아가고 있는 것인지도 모른다.

장마가 끝나고

장마의 시절이 지나갔다. 어제까지만 해도 온종일 비가 내렸는데, 불과 하루가 지났을 뿐인데 비는 온데간데 없고 꿉꿉한 날씨만 남았다. 장마 때는 매일 잠에서 일찍 깨어나곤 했다. 빗줄기가 창문을 두드리는 소리가 마치 반가운 손님이 찾아와 문을 똑똑 두드리는 소리처럼 들려오기 때문이다. 창문을 열어보면 빗방울은 한껏 유리에 달라붙어 있다가 서서히 아래로 미끄러져 내려갔다. 그곳을 따라 내려가면 장마 속 세상의 풍경이 드러났다. 장마의 시절을 좋아하는 까닭은 장마는 짧고도 긴 여행의 시작과도 같기 때문이다. 장마 속에서 누군가는 과거로 돌아가고, 누군가는 현재에 머물며, 또 누군가는 미래로 떠나간다. 어차피 장마라는 여행이 끝나면 제 자리로 돌아올 사람들이지만 가끔씩 그러지 못하는 사람들도 존재한다. 실수로 돌아오지 못했거나 일부러 그때에 머무는 것을 선택해 돌아오지 않는 것이다. 생각해보면 꼭 제자리로 돌아와야만 여행이 끝나는 것은 아닐지도 모른다. 잠시 떠났던 곳이 자기가 있어야 할 자리인 것만 같아서 그곳에 정착을 한다 한들 어떤가. 떠나기 전까지 얼마나 그때가, 그 사람이 그리웠으면 이제 다시는 작별하지 않을 결심을 하게 된 걸까.

소중한지도 모르고 무작정 떠나보낸 순간들이 생각난다. 살아가면서 언제든 다시 마주할 수 있을 것만 같던 순간들이었는데, 돌이켜보니 그런 순간들은 그것으로 영원한 작별이었다. 그 순간들은 절대로 돌아오지 않을 것이다. 하지만 강렬했던 존재는 부재가 되어서도 완전히 소멸하지 않는다. 그 대신 그리움이 되어 잠시 우리의 삶에서 비켜난다. 그러다 언젠가 우리를 짧고도 긴 여행으로 이끄는 장마의 시절이 찾아오면 무언가 익숙한 감정이 빗줄기 사이에 아른거린다. 그것은 그리움이었다. 상실이라고 믿었던 존재가 그제야 그리움이 되어 돌아온 것이었다. 세상에는 시간도 집어삼키지 못하는 그런 끈질긴 그리움도 존재하는 것일까. 장마의 시절에는 생각나는 사람들이 많다. 우리가 어떤 관계였든 혹은 무슨 관계도 아니었든, 그런 것과는 상관없이 삶의 순간들을 스쳐간 많은 사람들이 떠오른다. 장마가 조금 더 이어지길, 그래서 다른 시간으로 여행을 떠날 수 있기를, 하지만 결국은 제자리로 돌아올 수 있게 되기를, 나는 장마 때마다 속수무책이 된다.

지속 가능한 태도

돌아온 슈가맨 양준일의 존재가 한국을 뒤흔들고 있다. 90년 대 초에 데뷔를 하고 시대를 앞서갔다며 비운의 가수라는 수식이 붙은 양준일. 활동 당시에는 미국에서 넘어온 파격적인 스타일의 음악과 패션이 보수적인 한국의 문화와 맞지 않아 부당한 처우를 받다가 홀연 미국으로 돌아간 것으로 알려졌다. 하지만 최근 인터넷에서 그의 오래된 무대 영상들이 화제가 되었고, 그것을 시작으로 방송국과 팬들의 열성이 미국의 식당에서 서빙 일을 하고 있는 그를 한국으로 소환해 냈다. 데뷔로부터 삼십 년이 지나고 이제 오십이 된 나이라고는 믿을 수 없을 만큼 소년 같은 몸매와 앳된 웃음을 간직한 그는 지나간 세월을 보상받으려는 사람처럼 무대를 압도하며 그동안 숨겨둔 예술가적 기질을 마음껏 풀어놨다.

'서칭 포 슈가맨'이라는 다큐 영화가 있다. 슈가맨이라는 방송 프로그램도 그 영화에서 데려온 이름이고, 잊힌 옛 가수들을 소환한다는 내용도 영화를 닮아있다. 영화는 미국에서는 앨범이 고작 여섯 장 판매된 실패한 비운의 가수 로드리게스의 노래가, 알고 보니 머나먼 남아공에서는 밀리언 셀러가 된지 오래되었고, 결국 그의 열성팬들이 그의 존재를 가까스로 찾아 남아공으로 소환해 커다란 콘서트를 열게 되는 내용이다. 이 사실 만으로도 놀랍고 극적인 이야기이지만 더욱 놀라운 것은 자신의 묻힌 과거에 대해 아무런 억울함도 토로하지 않는 그의 담담한 태도였다. 남아공 콘서트를 마치고 제2의 삶을 시작할 법도 한데, 마치 소풍 한번 다녀온 사람처럼 대수롭지 않게 자신이 수십 년을 일해온 건설노동자의 일상으로 돌아간 그는 과연 어떤 마음과 태도로 삶을 살아왔고, 또 살아가고 있을까. 누가 봐도 로드리게스와 양준일의 극적인 삶의 스토리는 너무도 닮아있었다. 시대를 잘못 타고난 비운의 가수라는 이름과 지나간 세월에 억울함을 쌓는 대신 삶을 초월한 듯한 겸손함과 때묻지 않은 소년의 마음을 쌓고 있었다. 그들은 분명히 수도 없이 무너져 내렸을 것이고, 그러면서도 몇 번이고 다시 삶을 위해 일어났을 것이다. 그 두 사람은 무너지면서도 망가지지 않는 방법을 알기라도 한단 말인가.

만들어진 예술가는 언제든 예술을 그만둘 수 있지만 타고난 예술가는 일상에 예술을 녹이며 살아가고 있기 때문에 그만두고 싶어도 그만둘 수가 없는 것일까. 그것이 아니라면 길고 긴 공백이 무색할 만큼 저토록 녹슬지 않은 세련된 퍼포먼스를 보여줄 수가 있을까. 그들은 아마도 음악을 그만뒀다고 믿었던 긴 시절 동안에도 단 한 번도 예술가로서의 정신까지 내려놓진 않았을 것이다. 남들과 다른 시선으로 세상의 이면을 바라볼 수밖에 없으면서도, 아무것도 보이지 않는 척 평범한 연기를 하며 살아왔을 것이다. 그러면서 날마다 꿈틀거리는 심장을 진정시키려 녹록지 않은 밤을 보냈을 것이다. 수많은 책에서 얻은 교훈이 우리의 마음 위에 차곡차곡 쌓인다면, 양준일과 로드리게스가 보여준 삶은 단 번에 마음을 관통한다. 어쩌면 예술은 순간의 커다란 결과보다는 지속 가능한 태도에 녹아있는 게 아닐까. 자신이 어떤 일상에 놓여있을지라도, 가슴 깊숙이 간직해온 단 하나를 위한 일관된 태도, 그 태도를 내려놓지 않는다면 우리의 삶은 말 그대로 끝까지 가봐야만 알 수 있게 된다고 믿는다.

누구나 가까스로 자신만의 균형을 찾으려 발버둥을 친다. 외줄 위에서 수없이 추락한 끝에 간신히 중심을 잡게 된 광대처럼 우리는 무수히 나락으로 떨어져가며 마침내 각자의 균형을 찾게 된다. 비틀거리고 허우적거리는 삶 속에서도 균형을 찾은 사람들은 좀처럼 흔들리지 않는다.

폐허에서 피어나는 꽃

사람에 대한 미련에 대해 생각해보게 되는 날들이다. 타인의 지옥과 천국 사이에는 그 어떤 문턱조차 없다. 그들은 하루에도 몇 번씩이나 그 문턱을 넘나들며 우리를 혼란스럽게 한다. 확신을 갖는 순간 어느 쪽에서든 일말의 망설임도 없이 다른 쪽의 경계를 넘어선다. 나에게 천국이 되어주던 그 사람이 갑자기 지옥이 되던 순간의 절망을 기억하는가. 아니면 나에게 지옥이던 사람이 천국의 문을 열어주던 그 순간의 환희를 기억하는가. 역설적이게도 이 모든 것을 경험하게 해주는 것은 바로 우리, 사람이라는 존재들이다. 우리는 사람 사이에서 적당한 선을 찾지 못해 끊임없이 고통받는다. 하지만 살아가면서 두 개의 경로 중 오직 하나만을 선택해야 한다면 나는 아마도 천국이라고 믿었던 곳에서 절망을 경험하게 되는 것보다는 지옥이라고 믿었던 곳에서 희망을 발견하게 되는 길을 걷고 싶다. 사람에게 의지하고, 그러다 사람에게 무너지고, 또다시 사람에게 구원받고, 이것을 끊임없이 반복하다, 그렇게 사람 자체에 무뎌진 채로 살아간다. 그러다가도 가끔씩 삭막한 폐허에서 꽃이 피어나는 광경을 바라보고 있으면 나는 어쩐지 다시 태어나는 기분이 든다. 우리는 서로에게 지옥이지만 아주 가끔은 천국이 되어 서로를 구렁텅이 안에서 구출해 주기도 하니까 말이다. 희망의 존재 유무가 고통을 버티게 하는 것이다.

동심의 이면

어린 시절 학교가 끝나고 친구들과 아파트 단지 골목을 거닐고 있었다. 아마도 집에 들러 가방을 던져두고 몇 시에 다시 모여 비비탄 총싸움을 할 것인지에 대해 해맑게 이야기를 나누고 있었던 것 같다. 그 순간 갑자기 하늘에서 노랗고 동그란 물체가 우리들 사이에 떨어졌다. 그 물체는 아주 빠른 속도로 땅으로 추락해 반사적으로 조금 튀어 오르더니 이내 미동도 없이 멈췄다. 그 동그란 물체가 병아리라는 사실을 단숨에 알아챈 우리들도 비명을 지르고 멀찌감치 떨어진 채로 말없이 빨간색으로 변해가는 노란 병아리를 지켜봤다. 난생처음 보는 터져버린 병아리를 지켜보며 흥분한 우리들은 하늘을 쏘아봤다. 눈이 부셔 제대로 분간할 수는 없었지만 아파트 옥상 쪽에서 두 개의 얼굴이 우리를 내려다보는 것을 목격할 수 있었다. 그 자식들이 의도적으로 병아리를 던졌다는 것을 직감했다. 더욱 충격적인 것은 병아리 한 마리가 또다시 추락하고 있다는 점이었다.

우리는 일말의 욕설을 내뱉으며 누가 먼저랄 것도 없

이 각자의 집으로 뛰어갔다가 금세 다시 모였다. 우리의 손에는 그 시절 문구점에서 제일 잘나가던 기관총과 권총이 들려 있었다. 비비탄도 넉넉하게 챙긴 우리의 모습은 사뭇 결투를 앞둔 카우보이들처럼 결연했다. 엘리베이터를 타고 꼭대기 층에 내려 옥상으로 연결되는 문으로 뛰어가 문을 박차고 옥상에 들어섰다. 옥상에 공기에서는 왠지 쓰레기 냄새가 나는 것 같았다. 옥상 끝에는 놀란 모습의 아이들 두 명이 얼어붙어 있었다. 딱 봐도 고학년인 우리보다 한참이나 어리고 체구도 작은 저학년 아이들이었다. 다섯 명의 형들이 손에 총을 들고 자신들에게 걸어오고 있으니 아무래도 겁을 먹을 수밖에 없었을 것이다. 하지만 저학년이라고 병아리를 옥상에서 던져 죽인 행위를 봐줄 수는 없었다. 흥분한 우리는 무장한 총으로 그 아이들을 향해 비비탄을 냅다 갈겼다. 그 아이들은 웅크려 앉아 얼굴을 가리며 총알을 막고 있었다. 한 명의 아이가 울자 다른 아이도 더 크게 울기 시작했다. 울음을 본 우리도 마음이 약해져 총을 내려두고 그 아이들에 다가가 일으켜 세워 물었다.

"이 새끼들아 여기서 병아리를 왜 던지는데?"
".. 날 수 있는지 궁금했어요. 죄송해요..."

그 말을 들은 우리는 너무도 허탈했다. 날 수 있는지 궁금해서 옥상에서 병아리를 던졌다는 말을 어떻게 받아들여야 할지 몰랐다. 친구 한 명이 그 아이들의 머리를 쥐어박고 꺼지라고 했다. 울면서 사라지는 그 아이들 뒤로는 아직 던져지지 않은 병아리 두 마리가 삐약 소리를 내며 천진난만하게 돌아다니고 있었다. 우리는 병아리들을 챙겨 우선 우리 집으로 돌아왔다. 길에서 주워온 라면 박스에 병아리를 넣고 쌀과 물을 줬다. 목이 말랐는지 병아리는 연신 물을 쪼아 하늘을 보고 넘기기를 반복했다. 죽음의 위기에 처한 병아리 두 마리를 간신히 구해낸 우리는 스스로 정의의 사도가 된 것처럼 뿌듯했다. 생존한 병아리들을 반드시 닭으로 키워보겠다고 다짐했지만 병아리들은 우리 집에서 일주일도 넘기지 못하고 영원히 잠들고 말았다. 그 소식을 듣고 우리 다섯은 다시 모여 우유갑에 죽은 병아리를 넣고 아파트 현관 옆 화단에 병아리를 곱게 묻어줬다. 나무젓가락으로 십자가를 만들어 무덤 위에 꽂아주는 일도 잊지 않았다.

영화 〈도쿄타워〉에 우리의 일들과 비슷한 에피소드가 있다. 주인공은 어린 시절에 아이들과 함께 개구리를 잡아 놀고 있었다. 그러다 아이들 중 한 명이 지나가는 기차에 개구리가 깔리면 터지는지 궁금하다는 이유로 개구리를 철로에 꽁꽁 묶어 놓았다. 서서히 기차가 들어오는 경적이 울리고 아이들은 철로 저편에 숨어 울고 있는 개구리의 모습을 지켜보고 있었다. 주인공은 함께 그 모습을 지켜보다 본능적으로 튀어나가 목숨을 걸고 기차에 치이기 직전의 개구리를 구출해낸다. 먼 훗날 일러스트레이터가 되는 주인공은 그날 집에 돌아와 스케치

북에 오늘 사건의 장면을 그림으로 남기고 이런 문구를 적어 넣는다.

- 생명은 소중해.

병아리를 던지던 아이들도, 개구리를 묶어 놓던 아이들도 생명을 해치겠다는 작정으로 일을 벌이진 않았을 것이다. 물론 아주 가끔씩 정상의 범주를 벗어난 사이코패스와 같은 사람들은 유년시절 동물을 해치는 것으로 그 성향이 파악된다고도 하지만 우리가 본 아이들은 아니었을 것이다. 하지만 혹시나 병아리가 날 수 있을지도 모른다는 궁금증과, 개구리가 터지지 않을 수도 있다는 궁금증이 결론적으로 생명을 해치는 결과를 가져온다면 그것은 성악설로 받아들여야 할까. 보통 동심을 말할 때는 때묻지 않은 순수를 의미하게 되는데 하지만 순수는 기본적으로 아무것도 모르는 무지와 닮아있다. 그래서 때로는 순수가 모든 상황을 망쳐버리는 방해가 되어버릴 때도 많다. 돌이켜보면 그 아이들이 옥상에서 병아리를 던졌던 것도, 우리가 그 아이들을 혼내주기 위해 장난감 총을 들고 달려갔던 것도, 그리고 병아리를 구출해 집에서 정성껏 키우다 곱게 묻어줬던 것도 모두 다 동심에서 비롯된 일들이었다. 상상하는 동심과 실제의 동심에는 너무도 많은 모순이 잠입해 있는 것일까. 동심이 잔인함을 포함할 수도 있다는 것을 처음 생각해보게 했던 어린 시절의 체험이 생각나는 날이다. 모든 것에는 이면이 존재하는 걸까.

죽음에 대해서

1. 부고 메시지

하루에도 몇 번씩 부고가 날아든다. 이제 인간의 죽음에 대한 소식을 접하는 것이 어느덧 서서히 나의 일상이 되어가고 있다. 죽음에 대해 깊이 생각해보던 시절이 누구에게나 있다고 믿는다. 그것은 이상하리만큼 비슷한 시기에 발생하게 되는데 대부분 사춘기 무렵이 아니었을까 한다. 죽음이라는 극한의 공포에 대해 생각하다가 죽음 이후의 나의 정신이라는 것은 도대체 어디로 향하는 것인지, 하지만 정신의 주인인 나 자신의 숨이 끊어지는 것인데, 그렇다면 나라는 존재는 무엇이 되는 것이냐는 원론적 허무에 이르곤 했던 기억이 난다. 죽음이라는 것은 나라는 존재가 한순간에 증발해 버리는 것이니까 말이다. 종교를 믿다가도 다음 생의 존재에 대한 확신이라는 것은 사실 지금 현재를 살아가면서 느끼는 죽음에 대한 두려움을 가라앉히기 위한 일시적 안정제 역할에 지나지 않는다는 생각을 하기도 했던 게 사실이다.

백수 시절에는 인맥도 없었기 때문에 부고 또한 날아들

지 않았다. 하지만 커다란 집단에 소속되기 시작하면서부터는 날이면 날마다 누군가의 죽음이 날아들었다. 누군지 모르지만 이 집단에 소속된 일원의 가족들의 죽음과 때때로 본인의 죽음을 알리는 부고 메시지들이 때와 장소를 가리지 않고 날아들었다. 장례식장의 장소와 연락처, 그리고 친절하게 계좌번호까지 찍힌 짧은 메시지에서 나는 죽음에도 돈이 관여할 수밖에 없는 잔인한 현실이 비릿하게 느껴졌다. 하지만 돈만큼 성의를 표할 수 있는 간편하고 편리할 뿐만 아니라 액수만큼 그 사람과의 친분의 깊이를 적나라하게 나타내는 수단도 없는 게 사실이니 사회적으로 통용되는 이런 관행을 받아들일 수밖에 없는 것이다. 나도 모르게 성의를 표할 금액을 따지고 있는 모습에 스스로 흠칫 놀라는 때가 많다. 어쩔 수 없는 것이라고 쓴웃음을 지으면서 말이다.

2. 죽음 앞에서

오늘은 내가 이 직장에 입사해서 신입 훈련을 담당해주셨던 담임 강사님을 모셔둔 납골당에 다녀왔다. 나와 입사 동기들은 그의 죽음을 너무도 늦게 접했기 때문에 안타깝게도 그의 장례식에는 찾아갈 수 없었다. 누군가 들려준 바로는 설암으로 갑작스럽게 돌아가셨고, 다른 동료들과 이렇다 할 친분이 없었기 때문에 부고 메시지가 넓게는 보내지지 않았다고 했다. 3년 전만 해도 아주 건강한 모습이었던 그는 납골당의 가장 낮은 위치에 모셔져 있었다. 좋은 위치에 모시려 하면 그렇지 않은 위치보다 배에 가까운 금액이 든다고 하던데 역시나 돈의 영향력은 생각보다 훨씬 끈질기게 사람의 생을 쫓아다닌다는 생각을 했다. 그 낮은 자리에서 오로지 사진 한 장만이 그가 여기에 잠들어 있다는 것을 증명해 주고 있었는데, 사진 속 그는 3년 전의 아주 건강했던 모습 그대로였고, 늦은 나이에 결혼한 까닭인지 아직 갓난아이인 자식을 품에 안고 옆에는 그의 부인, 그렇게 세 식구가 아주 밝게 웃음 짓고 있었다.

실감이 나지 않는 죽음이었다. 친분의 깊이도 문제겠지만 최근에 그를 마주한 적이 없었다는 게 가장 커다란 까닭일 것이다. 하지만 어떤 죽음도 바로 실감이 나진 않았던 것 같다. 나의 할머니가 돌아가셨을 때도, 이모가 돌아가셨을 때도 실감보다는 정체모를 먹먹한 감정들만이 나를 집어삼켰다. 눈물이 흐르지 않아 독한 놈 소리를 들을 때도 나는 묵묵히 그 말을 받아들일 수밖에 없었다. 아, 나는 눈물도 없는 독한 놈이구나, 하는 생각으로 말이다. 그러나 슬픔에 대한 눈물은 어정쩡할 때 가장 제대로 흐른다고 믿는다. 그다지 슬프지 않을 때와 극한의 슬픔에 잠겼을 때는 좀처럼 눈물이 흐르지 않는다. 극한의 슬픔은 우리의 몸과 감정을 마비시키는 가장 강력한 마취제와도 같아서 마취가 풀릴 때까지 우리는 그 어떤 통증도 느끼지 못하는 무감각한 상태가 되곤 한다. 그러다 마취가 풀리면 그제야 농축됐던 눈물이 터져 나오기 시작해 멈출 줄을 모르게 된다. 그러므로 눈물만이 슬픔의 유일한 증명은 아니라는 말이다. 사람들은 상대방이 느끼는 고통에 과도한 오만을 부리곤 한다.

죽음의 실감은 갑자기 불쑥 찾아온다. 습관이 되어있는 누군가의 존재가 부재로 바뀌는 것에는 많은 시간과 아픔이 동반되기 마련이다. 아, 그 사람 이제 없지. 그 사람이 나에게 이런 존재였구나. 그 사람의 부재에 대해서 우리는 아주 느릿느릿하게 깨닫기 시작한다. 어릴 때와 다르게 이제는 죽음에 대한 두려움보다는 막연하지만 예정된 일이라는 불편함을 더 느끼게 되었다. 어떤 모습으로 삶을 마감하게 될 것이라는 상상을 해보지만 그것은 나의 희망사항일 뿐이라는 것을 안다. 우리는 내일 당장 세상에서 가장 참혹하고 불행한 모습으로 싸늘하게 죽을 수도 있는 것이고, 죽음보다 더 혹독한 삶을 살아내느라 스스로 죽음을 선택할 수도 있는 것이니까 말이다. 하지만 언젠가 분명하게 나에게 닥칠 일이라는 것을 알기에 이것은 거부할 수 없는 삶의 흐름이고, 다만 어떤 마음가짐으로 죽음을 받아들여야 하는지에 대한 자신의 선택만이 남아있을 뿐이다.

그의 죽음을 뒤로하고 우리는 여느 때와 같이 가까운 식당을 찾아 웃고 떠들며 점심을 먹었다. 아주 유명한 갈비탕 집이었는데 평일 낮인데도 불구하고 많은 인파가 몰려 대기시간이 길었다. 이 많은 사람들도 어떻게 보면 결국은 죽음의 차례를 기다리고 있는 것이라고 볼 수 있지만 어느 누구도 그런 비극적인 생각을 하면서 오늘을 살아가진 않을 것이다. 자신의 죽음의 순서를 알게 된다면 그때부터 삶은 무의미한 고통의 연속이 되지 않을까. 우리가 이렇게 죽음을 남의 일처럼 여기며 걱정 없이 살아갈 수 있는 것은 우리가 언제 죽을지 모르기 때문이니까 말이다. 하지만 그것을 모름에도 불구하고 누군가는 삶의 영원한 것처럼 살아가고, 또 누군가는 오늘이 마지막 하루인 것처럼 살아가는 것을 보면 결국 얼마나 오래 사는가는 절대로 중요한 게 아니라는 것을 깨닫는다. 어쩌면 삶의 길이에도 상대성이 적용되어야 하지 않을까. 결국 얼마나 오래 사느냐보다는 얼마나 깊게 사느냐가 관건이 아닐까.

3. 조사에 인색한 사람들

많은 사람들이 자신의 경사에 대해서는 단 한 번뿐인 일이라고 온갖 요란과 소란을 부리며 사람들을 끌어모으지만 정작 다른 사람의 조사에는 침묵을 유지한다. 물론 죽음이라는 극한의 슬픔 앞에서 어떤 반응을 보여야 할지 익숙하지 않은 탓도 있을 테고, 장례식장이나 납골당은 사람을 우울하게 만드는 기운이 많은 것도 사실이니까 말이다. 하지만 죽은 사람이기에 이제 어차피 돌려받지 못하는 마음이라서 방문을 소모적이라고 생각하는 인간성의 완벽한 소멸을 겪는 일만은 없었으면 한다. 죽음 앞에서도 계산하기 좋아하는 사람들은 삶과 죽음도 철저한 등가교환이라는 것을 알아야 한다. 이 정도를 받았으니 딱 이 정도만 돌려줘야 한다는 마음처럼, 태어났으면 딱 그만큼 살다가 죽음을 맞이하는 것이고, 그것에서 벗어날 수 있는 동물은 없다는 사실을 말이다. 모두가 태어났고, 모두가 예정대로 죽을 것이다. 인간의 도리보다 돌려받을 마음이 먼저 튀어나오는 세상이 환멸스럽지만 누구나 각자의 사정이 있다는 것을 부정할 수는 없다.

거울 앞에 서면

어느새 거울 속에는 너무 많이 변해버린 모습의 내가 서있고, 또 그 옆에는 너무 많이 변해버린 네가 서있다. 꿈 많던 소년들은 이제 날마다 넥타이를 질끈 매고 네모난 건물들로 향한다. 지켜야 할 사람이 생겼고, 내가 없으면 안 되는 사람들도 늘어난다. 꿈이라는 게 한가득 있었고, 흔들리지 않던 온전한 자아라는 것도 있었다. 살다 보니 사람들은 그런 것들은 잊는 게 편하다고들 말한다. 그럼에도 우리는 너무 많은 것들을 세상에 넘겨주지 않기로 한다. 우리가 우리일 수 있는 최소한의 우리의 부분들만은 지켜나가기로 한다. 언제까지나 우리가 서로를 지켜주자.

충전소

사람과 어울리는 것을 만끽하지 않는 내게 있어서 혼자 사는 집이란 급속 충전소와도 같은 장소다. 아무도 없는 완벽한 고요 속으로 돌아와 등에 전선을 꽂으면 사람들 사이에서 10% 이하로 기진맥진해졌던 심신의 활력이 서서히 차오르기 시작한다. 천장을 바라보고 가만히 누워 있으면 바깥에서의 소란들이 빠르게 스쳐 지나간다. 너도 참 밥벌이를 한답시고 내면에서 자꾸만 튀어나오려는 극단적 개인주의의 민낯을 억누르고, 적당히 남들과 동화된 척 연기하며 살아가느라 고생이 이만저만이 아니구나. 활력이 70%까지 차오르면 생각은 더 이상 바깥을 향하지 않는다. 스트레스의 근원과 멀어지니 자극은 미약해지고, 기억은 희미해진다. 망각은 예민한 사람을 위한 최고의 무기가 아닐까. 먼지 쌓이는 소리만 들리는 이 아름다운 적막함 속에서 풀이 죽었던 세포들이 첨예하게 되살아나 모든 감각에 진동을 일으킨다. 푸석해진 온몸에 붉은 생기가 피어오르기 시작하고, 호흡에 서려있던 이질감이 소멸된다. 그렇게 바깥이라는 육지와는 저만치 동떨어진 외딴섬이 되어 오늘을 차분하게 마감한다.

알람이 울리고 내일이 밀려오면 어느새 활력은 100%로 채워져 있다. 잊었던 어제의 기억이 불현듯 고개를 들려 하지만 생각보다 망각은 폭력성이 짙어서 기억을 산산조각으로 만든다. 어쩌면 사람들과 어울려 살아가기 위해 날마다 망각의 칼날을 다듬는 뻐저린 훈련을 반복했는지도 모른다. 아무 일도 없었던 것처럼, 아무것도 기억나지 않는 것처럼, 모든 것을 다 잊은 듯이, 등에 꼽힌 전선을 세차게 빼 던지고, 오늘도 어제와 다를 것 없이 단호하게 집을 나선다.

4부

출근길

새벽 세시. 알람이 울리자마자 나는 발작하듯 몸을 일으켜 시간을 확인한다. 혹시나 알람 시간을 잘못 맞춰뒀을 상황을 대비한 본능적인 작업이다. 재빨리 몸을 씻고 최소한의 깔끔한 용모를 위해 준비를 한다. 면도를 하고 기본적인 로션들을 바르고 마지막으로 머리에 포마드를 발라 빗으로 깔끔하게 넘긴다. 그러면서도 나는 시간의 흐름에서 자유로울 수 없다. 제시간에 차를 타고 공항으로 출발해야 하기 때문에 예정보다 머리를 매만지거나 옷을 입는데 많은 시간을 들이게 되면 일정에 차질이 생긴다. 남자인 나도 이렇게 출근 준비에 최소한의 시간이 걸리는데 직장에서 대부분의 비율을 차지하는 여자 동료들은 도대체 얼마나 많은 시간을 들여 출근 준비를 시작해야 하는 걸까. 그녀들의 부지런함에 대해서는 어떤 상황이든 존중받아야 마땅하다. 더군다나 이른 새벽 같은 아침에는 도무지 정신이 없다. 특이하다면 특이하다고 볼 수 있는 나의 직업이지만, 그렇다고 해서 이른 아침의 분주함이 오로지 나에게만 유난히 고달프다고 생각하진 않는다. 아마도 아침의 분주함만으로 따지자면 9

시에 출근해 18시에 퇴근하는 대부분의 직장인들이야말로 매일 아침마다 자신과의 싸움과 출근길의 포화상태를 버텨내는 위대한 사람들인 것이다. 가끔씩이나마 출퇴근길 서울 지하철에 오르면 나는 탁한 공기와 무표정으로 핸드폰만 바라보고 있는 사람들 사이에서 질식할 것만 같다. 내가 만약 서울 시내로 날마다 출퇴근을 반복해야 직업을 가졌더라면 나약한 나로서는 지금보다 훨씬 자주 일상의 테러에 지치게 되었을 것이 분명하다. 서울과 멀리 떨어진 곳으로 출근하는 것만 해도 적잖은 삶의 위로라고 여길 만하다.

바쁜 와중에도 쓸데없는 생각은 언제든 나를 침입하고 파고든다. 그럼에도 습관은 생각보다 무서운 것이어서 아무리 잡생각을 한다 해도 나는 평소와 다를 것 없이 정해진 시간 내에 출근 준비를 해낸다. 이제 나를 적당히 내려놓고 유니폼을 입는다. 누군가는 유니폼을 입은 순간부터 나는 내가 아니라 직원일 뿐이니 나를 완전히 지우거나, 나의 자아를 집에 두고 출근하는 것을 권고했다. 하지만 나처럼 유별나게 자아가 확장되어 있는 부류의 사람들에게 그런 과도한 요구는 삶의 종말을 의미한다. 목숨만 붙어있다고 살아있다고는 할 수 없으니까 말이다. 나를 완전히 지워야만 가능한 일이라는 건 세상에 없다고 믿는다. 설령 그래야만 하는 일이 존재한다면 그것은 인간의 범주를 넘어선 영역의 일이거나 그 정도로 과도한 것을 요구하는 직업일 것이다. 마지막으로 나의 목을 한껏 조여 넥타이를 맨다. 나는 내가 수려한 용모를 지녔다고 생각하진 않지만 그래도 최대한 깔끔함을 유지하고 있다고 믿는다. 그 덕분에 이 직업으로 밥벌이를 할 수 있는 것도 같고 말이다. 이 직업이 결코 내 삶의 목적지라고는 생각하지 않지만 생각보다 오래도록 머물게 오래된 정류장이 될 것 같다. 이 직업이 있기 때문에 내가 지금의 삶을 영위할 수 있다는 건 부정할 수 없는 사실이다. 환멸과 감사가 정신없이 뒤섞이는 웅덩이 속에 들어와 있는 느낌이라고나 할까. 마음에 들지 않는 부분들 때문에 쉽사리 이 웅덩이 안에서 빠져나올 수 없다. 오히려 현실적인 문제들이 나를 계속해서 웅덩이의 끝모를 바닥 속으로 파묻기 시작했는지도 모른다. 어찌 됐든 이것의 내가 지금 몸담고 있는 나의 직업이라는 것은 인정해야 한다.

모든 준비가 끝이 났다. 다른 필요한 것들은 어젯밤 잠들기 전에 준비를 해뒀기 때문에 더 이상 신경 쓸 필요 없이 나는 이제 문밖으로 나서기만 하면 된다. 육중한 캐리어 세 개를 이어 붙이고 아무도 깨지 않은 정적만이 흐르는 오피스텔 복도를 지나간다. 바퀴가 바닥에 굴러가는 소리가 건물 전체에 울리는 것 같아서 최대한 천천히 걸어보지만 소리를 막을 길이 없다. 건물을 나서자 영하의 날씨에 하얀 입김이 뿜어져 나온다. 겨울은 이렇게 한 숨에도 생김새를 만들어주는 예술적인 계절이다. 얼어붙은 자동차에 시동을 걸고 짐을 차례로 싣는다. 오늘은 어떤 사람들과 어떤 일들이 나를 찾아올까. 부디 나의 육체만을 힘들게 하는 직업이 되기를. 새벽 네 시. 오늘도 나를 적당히 지우고, 적당히 조인 채 공항으로 간다.

사람의 숲에서

승객들이 하나 둘 탑승하기 시작한다. 멀리서 바라보고 있으면 사람들이 기내로 차오르거나 밀려드는 것처럼 보인다. 최대한 밝은 표정으로 그들에게 인사를 건네고, 짐 정리를 돕고, 좌석을 안내하고, 다양한 요청들을 해결한다. 긴 시간 동안 함께 보낼 사람들이니 이때부터 촉각을 세워 승객들의 상황과 특징을 파악한다. 특별히 신경 써야만 하는 승객과, 신경 쓰고 싶은 승객, 배려가 필요한 승객, 그리고 어쩌면 감시가 필요한 승객이 있을 수도 있다. 미리 파악해 두지 않으면 갑작스러운 상황의 대비에 어려움이 많다.

승객들의 표정은 노선마다 특징이 있는 것도 같다. 여행지로 떠나는 사람이라면 들뜬 표정으로, 날마다 떠나는 출장이라면 무미건조한 표정으로, 울보 아기와 함께 있는 부모라면 노선과 상관없이 피곤해 보인다. 사실 서비스직 종사자에게 가장 적합한 표정이라면 미소가 아닐까. 사람이 매 순간마다 미소 짓는 것은 불가능에 가깝다고 생각했지만, 그것조차 내 편견이라고 깨달을 정도로 매 순간마다 미소 지을 수 있는 분들도 많다. 그런 사람들은 대단하면서도 조금은 무섭게 느껴진다. 자신의 표정을 완벽하게 통제할 수 있다는 건 닿을 수 없는 세계에서 살아가는 사람처럼 느껴진다. 표정은 이미지를 만들어가는 데 가장 탁월한 수단이 아닐까. 직업마다 요구되는 이미지가 있듯이 사람마다 필요하거나 원하는 이미지가 있다. 타고난 성향이나 성격과는 상관없이 출근을 하면 자신이 만들어온 이미지를 입고 일을 시작한다. 사람들은 각자가 만들어낸 이미지 속에 숨어 살면서도, 다른 사람의 이미지는 그 사람의 진짜 모습일 것이라고 착각할 때가 많다. 스스로 속으면서도 나중에는 당신이 나를 속였다며 부질없는 원망을 한다. 이미지가 이미지를 속이는 것이고, 이미지들끼리 서로 어우러져서 살아가는 것뿐일지도 모른다. 어느 직업이나 그 직업이 필요로 하는 이미지를 잘 가꿔낸 사람들이 탁월한 성과를 내는 것 같다. 하지만 자신의 선택으로 결정한 직업인데도 자아가 너무 강렬하게 자리 잡아 쉽사리 자신의 부분을 잠시라도 내려놓지 못하는 사람들도 많다. 그런 사람들은 필요한 이미지를 만들어 내는데 상대적으로 많은 시간이 소요될 수밖에 없다. 속도가 느리다고 하여 그릇된 방향으로 나아가는 것은 아니지만, 때로는 느린 속도가 불성실이나 부조화 같은 많은 오해의 소지가 되기도 한다. 현저하게 느린 속도가 정지된 상태로 오해받는 것이다.

승객들의 탑승이 끝나가면 서서히 열려있는 선반을 닫기 시작한다. 무거운 선반을 닫을 때는 저절로 미간에 힘이 들어가지만 최대한 찌푸리지 않는 표정이 되도록 노력한다. 그것은 일종의 등가교환이나 암묵적 거래와도 같은 것이다. 승객들은 나를 바라보고 있기도 하고, 비행 동안 시청할 영화를 고르고 있기도 하다. 이륙 전 마지막으로 통화를 하고 싶은 사람과 짤막하게 통화를 하고 있는 모습은 아름답다. 그것은 사람만이 할 수 있는 일이고, 사람만이 간직할 수 있는 그리움이라는 감정이니까. 자리에 앉은 승객들의 뒷모습을 바라보고 있으면 사람으로 이뤄진 숲 같다는 생각을 한다. 다양한 종류와 크기의 식물들로 이뤄진 숲, 햇빛이나 토양, 그리고 빗물이 필수이지만, 적정한 시기와 필요한 양이나 조건이 저마다 다른 식물들. 사람들이라고 해서 다를 건 없지 않을까. 모두가 사랑과 관심, 안정과 유희 같은 것들이 공통적으로 필요하지만, 아무 때나 무작정 필요한 것은 아니고, 저마다 입고 있는 옷이 다른 것처럼, 저마다의 시기가 다른 것처럼. 모두가 같은 사람이지만, 모두가 다른 사람의 숲, 나는 그 사이를 걸으며 이륙을 준비한다.

우리는 낯선 사람들에게 친절을 베풀며 녹초가 되고, 소중한 사람들에게 무심함을 베풀며 위안을 삼는다.

위태로운 경계

하루는 이런 일이 있었다. 만석으로 미국을 향해 날아가는 비행기에서 어떤 한국 남자 손님이 호출 버튼을 누르더니 심기가 불편한 표정으로 내게 말했다. 주변에 앉아있는 어떤 아기가 자꾸만 나를 쳐다보며 웃고 있으니 어떻게든 자기를 그만 쳐다보게 해달라는 것. 그러면서 건너편에서 해맑게 웃고 있는 아기를 두 눈으로 노려보고 있었다. 그 손님의 말과 표정에 나는 잠시 멍하게 서 있을 수밖에 없었다. 아기가 너무 울어서 휴식에 방해가 된다는 불만은 지극히 허다한 일상적인 일이다. 하지만 자신을 향하는 아기의 미소가 불편하다는 불만은 나로서도 처음이라 잠시 골몰해져 있을 수밖에 없었다.

직업적으로 상대방의 불편함에 대해 이해해야만 하는 일들이 많아질 때면 이해라는 과정이 어떻게든 마무리 짓고 제출해야 하는 숙제처럼 다가올 때가 있다. 당장은 그 사람의 태도와 기분을 이해할 수 없지만, 게다가 이해하고 싶은 생각이 들지 않을 때도 많지만, 그래도 '자, 이제 이 사람을 이해하려고 노력해보자.'라는 마음을 갖기 시작하는 순간부터 그 사람과 나 사이에 희미하게나마 연결고리가 생긴다. 물론 순간을 모면하려 억지로 만들어낸 그 연결고리는 일회용 젓가락처럼 연약하기만 하다. 하지만 그럼에도 사람과 사람 사이의 불만에 명확한 해결책이 없을 때는, 게다가 문제없이 모두가 이 비행기에서 내리기만 하면 끝나게 될 일이라면, 서로가 순간을 적당히 모면하는 일 만큼 중요한 태도도 없는 것 같다.

우선 그 승객의 불편을 충분히 이해하고 있다는 뉘앙스로 이야기 나눌 수 있으려면 감정과 표정을 통제해야 하는데, 안타깝게도 나는 여전히 그런 능력을 제대로 갖추지 못했다. 마음에서 우러나오는 진심이 아니라면, 좀처럼 연기를 할 수 없게 태어난 사람처럼, 서비스직이 갖춰야 할 필수 항목에 절반의 적응과 절반의 부적응으로 살아가고 있는 것일까. 대신에 최대한 상대방이 어떻게 그러한 태도를 고수하게 되었는지 곰곰이 생각해 보려 한다. 조금은 웃긴 이야기일 수도 있겠지만, 깊게는 유년 시절의 성장 배경부터 시작해서 정서의 생김새나 일상의 우환까지, 그 사람이 취하고 있는 태도의 역사와 이력에 대해서 파고들어 보는 것이다. 어렸을 적 마음에 받았던 상처가 여전히 현재에도 관여하거나, 오늘 비행기에 타기 전 좋지 않은 일이 있었다거나, 사적인 공간에서 누구의 시선도 느끼고 싶지 않고 싶은 마음이 너무도 간절했다거나 하는 각자의 이유들이 수없이 많을 것이라고. 조금은 특별한 승객을 대할 때는 이렇게 다가가야지만 상황이 더 심각해지지 않고 무탈하게 땅에 닿을 수 있다.

상사와 함께 의논을 하고 결국 상사가 그 승객에게 다가가 최대한 부드럽게 말을 건넸다. 남는 좌석이 있으면 좌석 변경을 제공할 수 있지만 아쉽게도 오늘은 만석이고, 아이가 승객을 바라보며 웃는 것을 못 하게 하는 것은 불가능하니 양해를 부탁한다는 말로 마무리 지었다. 하지만 그 승객의 심기는 여전히 불편할 뿐이었다. 불편함에도 종류가 있다. 주관적인 불편함과 객관적인 불편함. 이 경우에는 완벽하게 주관적이고 낯선 불편함이었지만, 이러한 불편함마저도 우선은 응대할 수밖에 없는 것이 바로 서비스업 종사가라면 조금은 서럽기도 하지만, 내가 선택한 일이고, 나의 일상을 적정 수준 이상으로 보장해 주는 일이기 때문에, 누구라도 그러하듯이, 나의 일을 지켜나간다.

해맑게 웃는 아기와, 아기를 노려보는 승객, 그 눈빛을 경계하는 아이의 엄마, 그리고 이 보이지 않는 날선 경계 위를 거닐며 어느 한쪽의 끈만 끊어지지 않게 만드는 일 또한 나의 일일 것이다. 상대방의 입장과 감정을 섬세하게 포착하고, 누구보다 더 많이 이해하려 노력하고, 상식에서 벗어난 상황에서도 어떻게든 일이 커지지 않게 상황을 끌어안는 일이 나의 일이라면, 나는 이 일을 제대로 해내고 있는 것일까. 그렇다고 내가 일 이외의 삶에서는 한 치의 가식이나 거짓도 없는 표정과 태도로 가족이나 친구 혹은 연인을 대하고 있다고 자신할 수 있을까. 정작 대가 없이 소중하게 대해야 할 사람들에게는 언제나 내 입장만 내세우면서, 일이라는 이유로 대가가 있다는 이유로, 온 힘을 다해 승객의 입장을 이해하려 한다면, 어쩔 수 없는 것일 테지만 뭔가 뒤바뀐 삶을 살아가고 있다는 생각을 지울 수 없다.

사람과 사람 사이, 그 위태로운 경계 위를 오늘도 조심스레 걸음을 내딛는다.

서서히 지워지는

비행기에서 일을 하다 보면 하루에도 수백 명의 사람들과 마주하게 된다. 한 명의 사람을 잠시나마 상대한다는 것에도 적지 않은 감정과 마음의 배려가 필요하기 마련인데, 그것도 다양한 국적의 사람들을 상대한다는 것은 여간 어려운 일이 아니다. 무엇보다도 나의 감정과는 상관없이 한결같이 친절해야만 하는 일이기 때문에 날이 갈수록 내 마음과 정신을 자꾸만 외면하게 되는 버릇이 생기는 것 같다. 직업적으로는 상대방의 상황을 어떻게든 들여다보려 하지만 정작 나 자신의 마음이 얼마나 위태로운지에 대해서는 좀처럼 들여다보지 않는다. 수많은 사람들의 무수한 감정들 속에서 내 감정은 한곳에 머물지 못하고 정처 없이 떠돌게 된다. 물론 방황하는 내 감정이 사람들에게 여실히 드러나진 않는다. 일하는 동안에는 최대한 상냥하고 친절한 표정을 입고 있으니까 말이다. 선천적으로 무딘 사람이었다면 감정의 변화에 대한 자극과 깊이가 조금은 덜 할 수 있었을까. 예민한 사람들은 남들보다 심장을 두 개 정도 더 갖고 살아간다고 한다. 그래서 그만큼 세심하게 상대방을 배려해 줄 수 있지만, 그 배려의 힘은 자신의 살을 조금씩 떼어주는 것과도 같아서, 또 그만큼 쉽게 상처를 받게 된다.

자연스레 사람들을 관찰하는 입장이 될 때가 많다. 누구나 쾌적한 비행을 위해 기내의 모든 상황과 사물들이 자신에게 가장 편안해지는 환경을 꿈꾼다. 하지만 아쉽게도 같은 공간에 있는 모든 사람들도 같은 꿈을 꾸기 때문에 사람들은 그 꿈을 조금씩 쪼개어 공평하게 나누어 가질 수밖에 없다. 그러면서 조금 더 도움이 필요한 사람에게는 존중의 마음으로 조금 더 커다란 꿈의 조각을 내어주기도 한다. 누군가 조금 더 편안해지면 누군가는 분명히 그 불편을 감수하고 있는 것이다. 하지만 모든 사람이 그 불편을 동일한 마음으로 흔쾌히 감수하려고 하진 않는다. 전 세계의 다양한 국가에서 살아온 사람들이 한곳에 모여 있는 것이다. 인종도, 문화도, 종교도, 그리고 취향까지 모든 게 다른 사람들인데 하나의 잣대로 그들의 태도를 바라볼 수 없다. 누구에게나 각자의 사정이 있고, 그 사정이란 어쩌면 타인에 대한 배려보다 훨씬 더 중요할지도 모른다. 그럼에도 분명한 무례함과 친절함이 어지럽게 뒤섞인다. 그 속에서 내 안으로 밀려드는 감정과, 그것을 막아내고 직업적으로 취해야 할 태도들이 있다는 것은 조금은 슬프지만 어쩔 수 없는 일이다.

날마다 수많은 사람들 속에서 일한다는 것은 축복일까 아니면 불행일까. 나는 그 속에서 과연 얼마나 많은 나를 지워야만 하는 것일까. 그리고 그렇게 지워진 나는 결국 다시 돌아올 수 있는 것일까 아니면 영영 지워져 다시는 볼 수 없게 되는 것일까. 어쩐지 거울 속 비친 내 모습이 자꾸만 흐릿해지는 기분이다.

오래된 사진첩을 뒤적이면 가까스로 나였던 나도 있고, 내가 아니었던 나도 있으며, 내가 지워버린 나도 있다. 모든 사진이 나를 포함하고 있지만 모든 사진이 지금과 연결되어 있는 것은 아니다. 어떤 사진은 여전히 현재로 이어지고 있지만, 어떤 사진은 과거의 어느 지점에서 끊어져 더 이상 현재에 관여하지 않는다. 글이든 사진이든 모든 흔적을 남기는 수단은 시간이 흐르고 과거와 현재가 일치하지 않는 모순에 대한 책임을 져야 할 순간과 직면하게 된다.

그 나라의 속사정

직업의 특성상 해외의 호텔에서 머무는 게 일상이 된 지 오래되었다. 이제는 익숙함에 젖어 이질감을 느끼지 않게 되었지만 나는 이 호텔이라는 장소에 대해서 깊게 생각을 해보고 싶다. 사실 이 직업을 갖기 전에는 호텔이라는 고급스러운 장소와는 동떨어진 삶을 살아왔다. 그 시절 호텔이라는 장소는 나와는 다른 부류의 사람들이 머무는 곳이었고, 다른 문화와 생활양식의 집합소로 여겼었다. 그만큼 거리감이 느껴지는 곳이었는데 그것은 아마도 내가 자라온 환경이, 그리고 나의 부모님이 언제나 소박하고 검소한 삶의 방식을 고수하신 까닭인지도 모른다.

처음 비행을 갔던 곳은 인도네시아의 덴파사르 발리였던 것으로 기억한다. 오랜 훈련생 생활을 마치고 처음으로 다른 선배들과 비행을 가는 날이었고, 나는 극도의 긴장 상태로 업무에 임했기 때문에 아마도 다른 사람들의 시선에도 참 미숙해 보였을 것이다. 일곱 시간이 어떻게 흘러갔는지도 모르게 나는 정신없이 발리에 입국했다. 발리라는 곳의 첫인상보다 먼저 나를 잡아끈 것은 나의 온 피부에 달라붙던 극한의 습도였다. 태어나서 처음으로 느껴보는 꿉꿉한 날씨에 나는 적잖이 당황하며 호텔로 가는 버스에 지친 몸을 실었다. 그렇게 고급스럽진 않지만 그렇다고 열악하다고도 할 수 없는 정도의 호텔이었다. 그럼에도 호텔로 오는 버스 안에서 내가 바라본 바깥의 풍경과는 극단적으로 대조되는 모습들이었다. 멀끔하게 유니폼을 차려입은 우리를 버스의 창문을 통해 멍하니 바라보던 거리의 사람들의 모습을 기억한다. 날씨의 탓이겠지만 대부분 헐벗은 몸으로 거리에 앉아 간단한 음식을 만들어 팔거나, 지나가는 외국인들에게 호객 행위를 하고 있었다. 나무로 지은 허물어져가는 집에서는 벌거벗은 갓난아기가 땟국물을 흘리며 바닥을 기어 다니고 있었다.

경제적으로 어느 정도 발전을 이룬 선진국으로 가는 과도기인 한국의 국민이라는 우월의식으로 바라본 것이 절대 아니라고는 말할 수 없겠다. 나도 모르게 처음 접하는 동남아의 평범한 사람들의 살아가는 모습을 보고 무의식적으로 그들을 가엾게 생각했는지도 모른다. 익숙하지 않은 낯선 광경이었다. 생각할 겨를도 없이 생경한 장면들이 먼저 시각을 뚫고 들어온 것이다. 사람은 자신이 살아가는 테두리에 갇혀 그 바깥의 세상에 대해 너무도 무지하게 살아가는지도 모른다. 세계의 어느 곳을 가도 번화가의 주변에는 빈민가가 자리 잡고 있다. 하필 왜 이곳에 동시에 존재하고 있는 것인지 이해할 수 없을 법한 곳에도 그들은 공존하고 있다. 도대체 이곳에 빈민가가 어디에 있느냐고 묻는 사람들도 있겠지만 그것은 단지 그들이 주변을 자세히 들여다보지 않은 것뿐이다. 우리가 걸어 다니는 인도에서 벗어난 어두운 골목길, 건물의 출입구가 아닌 뒷문, 지상이 아닌 지하, 밝은 곳이 아닌 어두운 곳, 지도에도 나오지 않지만 분명히 존재하고 있는 그런 공간이 있다. 그리고 그곳에도 사람들이 있고, 그들의 삶이 있다. 외면을 당하는 것이 아닌 외면에서조차 도태되고 있는 사람들이 있다는 것을 우리는 알아야만 한다. 지금 이 순간에도 축제를 즐기는 건너편에서는 하루의 식량을 벌기 위한 처절한 몸부림이 벌어지고 있는 것이다. 비교가 얼마나 폭력적인 것인지 모르면서 사람들은 자연스럽게 비교를 하고, 또 동시에 비교를 당하며 살아간다. 폭력을 행사하면서도 폭력에 무방비로 노출되어 있는 것이다.

하지만 호텔이라는 공간은 이런 시각에서 완전히 벗어난 공간이라고 말할 수 있다. 경제적으로 낙후된 정도와는 상관없이 그곳에 고급 호텔이 들어서게 되고, 그리고 그곳에서 투숙을 하게 되면 외부의 환경과는 완벽하게 차단된 독립적인 공간이 만들어지는 것이다. 보통 이상의 시설과 서비스가 보장된 고립된 공간에서 외부를 바라보며 휴식을 즐긴다. 바깥의 상황이 아무리 처절할지라도 그것은 단지 구경하기 좋은 경치가 되는 것이고,

풍경이 되는 것이다. 그래서 만약 호텔에 머물며 주변을 둘러보지 않는다면 그 나라에 다녀왔다고 말하기가 좀 꺼려지는 게 사실이다. 다녀왔다기보다 들렀다고 말하는 편이 조금 더 정확한 표현이겠다.

나의 첫 비행은 설렘과 동시에 긴장의 연속이었고, 생경함과 동시에 불편함의 연속이었다. 그렇게 강렬한 마찰을 시작으로 호텔에 머무는 시간들이 자연스레 늘어났고, 그만큼 나는 그 아늑한 환경에 익숙해졌다. 직업상 회사에서 계약된 공간이기 때문에 무료로 경험할 수 있는 것들이지만, 나는 먹을 만한 음식들이 즐비한 조식 뷔페에서 식사를 하고, 좋은 기구들이 갖춰진 헬스장에서 운동을 하고, 깨끗한 환경에서 휴식을 취한다. 그러면서 이 쾌적한 환경이 주는 평화로움에 무뎌지고 만다. 감사함이라는 감정은 어쩌면 가장 물러터진 감정인 것만 같다. 감사함을 당연하다고 여기게 되는 순간부터 우리는 무너지기 시작한다. 빛은 언제나 어둠을 동반하기 마련이다. 어두운 곳이 있기 때문에 밝은 곳이 더 빛나 보이는 것이다. 어둠은 의도치 않게 자신을 희생해 밝음에 빛을 보태게 된다. 나는 그동안 해외에 도착해 피곤하다는 까닭으로 바깥을 둘러보기보다는 호텔에 머무는 편을 선호하곤 했는데 이제는 조금 나를 바꿔볼 필요를 느낀다. 알려지지 않은 거리를 둘러보며 그 나라의 속 사정을 조금 더 들여다보고 싶고, 그것으로부터 생각지도 못한 마음의 파문을 겪어보고 싶기 때문이다. 그 나라의 어둠은 우리의 어둠과 얼마나 다르고 또 비슷한지, 그 나라에서는 어둠을 어떤 방식으로 밝히고 있는지를 알고 싶다. 나는 좀 더 넓어지고 깊어지고 싶은 마음이다.

눈에 보이지 않는 것들의 소중함과 중요성을 알지만, 눈에 보이는 확실한 것들을 업신여겨서는 모든 게 무너진다. 눈에 보이지 않는 것에 대한 맹목적인 확신과 믿음이, 눈앞에 분명히 존재하는 것들을 한 치 앞에서도 볼 수 없게 만든다.

고독의 무게

새벽까지 깨어있는 날들이 많아진다. 고국과 이국 사이의 뒤틀린 시차는 나의 신체 리듬까지 제멋대로 헤집어 놓고야 만다. 이국에 잠시나마 머물게 될 때마다 유난히 핸드폰이 조용해지는 시간들이 찾아온다. 워낙 주기적으로 연락하는 사람들이 적은 탓도 있겠지만 유난히 그 소수의 사람들마저도 침묵을 유지하는 그런 시간들 말이다. 그럴 때면 어쩐지 이 세계에서 나 혼자만 잠들지 못하고 깨어있는 기분이 들어 부쩍 고독해지곤 한다. 시곗바늘 소리마저도 들리지 않는 그토록 기다려왔던 완벽한 고요가 찾아왔지만, 때로는 이 대책 없는 분위기에 빠져들지 못하고 눈앞의 놓인 낯선 시간의 정체를 한참이나 살펴보게 된다. 지나간 시간 속의 나는 왜 그토록 혼자만의 고독한 시간을 찾아 헤맸던가. 애써 부여잡은 그 시간 속에서 나는 무엇에 몰두했고, 또 그 시간들로부터 내가 깨달았던 것은 무엇인가. 지금은 값을 지불하고서라도 개인의 고독이 절실한 시대인데, 생각해보면 직업상 규칙적으로 고독의 환경에 들어서는 나의 입장은 커다란 행운이라고 말할 수 있겠다. 이국의 호텔이 보장해 주는 탁월한 환경 속에서 늦은 밤 방 안에 가만히 앉아있으면, 이를테면 육지의 삶에 지쳐 자원해서 무인도로 떠난 정체 모를 사람의 마음처럼, 자발적 격리로부터 찾아오는 정신적 충만함을 느끼게 된다. 누구도 나를 방해할 사람이 없고, 어느 것도 나의 정신을 산만하게 만들지 않는 최적의 공간인 셈이다.

그런데 요즘 들어 이 귀한 고독의 시간들이 점점 어색하고 막막하게 다가오고 있다. 침묵을 처음 접하는 사람의 불안함처럼 나는 내가 가장 소중하게 여겼던 이 시간들의 무게를 더 이상 감당하지 못하고 짓눌리기 시작한 것인가. 고독을 짊어지고 다니던 시절에는 그것이 무거운 줄도 모를 만큼 그것이 가져다주는 어두운 매력에 흠뻑 취해 있었다. 하지만 세월이 지날수록 나의 어깨는 짊어진 고독의 무게에 서서히 바스러지고 있었던 게 아닐까. 그것도 모른 채 나는 고독을 감당할 수 있는 숙명을 타고난 사람이라며 스스로를 틀에 가둔 채로 살아오며 다른 삶의 기회들을 너무도 홀연히 흘려보냈던 것은 아닐까. 이제 와 뒤늦게 나는 스스로에게 더 많은 질문들을 던지게 되는 것이다. 언젠가 의심으로 가득 찼던 질문들을, 또 확신으로 충만했던 질문들을, 그리고 이제는 갈피조차 잡을 수 없는 머나먼 질문들을 말이다. 고독을 즐길 수 있다는 나의 확신은 어쩌면 사람들로부터 도피한 나를 위한 유일한 변명은 아니었을까. 그래서 나는 지금 혼자만의 고독을 즐길 수 있는 방법을 잃어가고 있는 것이 아니라 애초부터 고독은 나와 어울리지 않는 옷이었던 게 아닐까. 삶이라는 것이 원래 똑같은 질문에 대해 그때마다 다른 대답을 찾을 수밖에 없는 교활하고 난감한 것인지 생각할수록 막막해져만 갈 뿐이다. 새벽은 언제나 이렇게 나에게 무수한 질문들만 던져놓고 유유히 사라진다.

에세이 쓰기로 삶의 무엇에 도달할 것인지 알 수 없다. 다만 삶에 대해 모르는 상태를 유지하는 일이 조금씩이나마 앎으로 향하는 길이길 바란다. 살다 보면 하찮게 여기던 것이 자신의 대부분을 채워주고 있었다는 사실도 깨닫게 된다. 삶이 날마다의 투쟁이라면, 나는 이 투쟁을 온몸으로 제대로 살아내고 싶다.

머물지 못하는 사람

항공기 승무원으로 살아간다는 건 날마다 짐을 꾸려 떠나야만 하는 숙명을 짊어지는 것과도 같다. 내 삶은 해외로 떠나는 만큼 돌아오고, 또 돌아오는 만큼 떠날 준비를 해야 하기에 자연스레 정착과는 거리가 멀어진다. 한 공간에 머물지 못하고 전 세계를 떠도는 삶을 살아가다 보면 때로는 내가 지금 떠나고 있는 것인지 혹은 돌아오고 있는 것인지조차 헷갈리는 순간들이 찾아온다. 분명 집을 향해 돌아가고 있음에도 어쩐지 집조차도 수많은 비행 노선 중 하나로 느껴지기도 하고, 단지 집을 경유해 다른 나라로 입국할 수속을 밟는 것 같은 생각이 들기도 한다. 어느 곳 하나 오래도록 머물 수 있는 곳이 사라지는 기분이란 공중에서 서서히 소멸을 겪는 느낌이다. 스스로 선택한 직업에서 비롯된 이 텅 빈 상실감은 아무리 시간이 지나도 익숙해지지 않는다. 방랑과 상실은 언제나 내 삶에 밀착된 지독한 그림자인 것이다. 언제까지나 혼자서만 살아간다면 그런 것쯤은 아무렴 괜찮을 것이라는 생각을 한 적이 있다. 나 하나만 제대로 보살필 수 있다면 정착과 멀어진 삶일지라도 서글퍼할 이유가 그리 크진 않을 것이니까. 게다가 떠도는 삶 속에서 남들은 쉽사리 들여다보지 못하는 세상의 모습들에 다가설 수 있다는 점은 나의 자부심이기도 했다. 적어도 그녀가 내 삶에 관여하기 전까지는.

그녀는 내가 멀리 비행을 떠날 때마다 내가 이 세상에서 당분간 사라지는 느낌이라고 말한 적이 있다. 짧게는 두 시간에서부터 길게는 열여섯 시간까지 우리는 완벽하게 서로 단절되기 때문이다. 비행이 끝날 때마다 휴대폰을 열면 내가 이 세상에 없는 동안 그녀가 보내온 메시지들이 한꺼번에 밀려온다. 그 메시지들을 하나씩 차분하게 읽다 보면 내가 있어야만 했던 곳에 내가 없었던 순간이 너무도 많았던 것 같아서 마음이 저릿하다. 오늘만큼도 곁에 있어 줄 수 없는 초라한 미안함과 그리움을 담아 이미 잠든 그녀에게 조금 더 길게 답장을 보내본다. 어쩌다가 그녀는 내 삶에 들어와 겪지 않아도 될 상실감을 날마다 느끼게 된 것일까. 최소한 내가 잠시나마 한국에 머무는 동안만이라도 우리가 떨어져 있던 만큼 아늑할 수 있다면 얼마나 좋을까. 우주의 모든 별들이 결국은 하나의 소실점으로 모어들듯 전 세계를 떠도는 방랑의 삶일지라도 결국은 나만의 소실점인 그녀 곁으로 돌아올 수 있기를, 우리가 비록 나 때문에 남들과는 다르게 영원히 한곳에 머물 수 없는 사람들이 될지라도, 우리는 결국 우리의 테두리 안에서만 방랑할 수 있기를 바라본다. 오늘도 그리움을 삼키며 짐을 꾸린다.

국경을 넘는다

언제나 두 개의 시간과 날짜가 뒤엉키며 공존하는 나의 일은 본의 아니게 시야가 넓어져서 어설픈 관찰자의 입장이 되기에 부족하지 않다. 그리고 모든 인종의 사람들이 한 곳의 장소에서 겉모습은 확연히 다르지만 결국은 비슷한 모습으로 적당한 긴장과 간격을 유지한 채 함께 머물고 있다는 사실을 몸소 체험하기에도 적합하다. 솔직히 말하자면 지금은 겉보기에는 어느 정도 잘 살게 된 한국이 오래전 이미 지나온 시절에 속해 있다는 이유만으로 간혹 특정 국가의 사람을 함부로 가엾다거나 안쓰럽다는 생각을 하게 되는 때도 있었다. 생김새나 치장이 우리와 다른 다는 이유로, 세계의 공통어를 전혀 다루지 못한다는 이유로, 공공장소에서의 매너나 의식의 수준이 나의 이상향과 동떨어졌다는 이유로, 체취가 우리와 다르다는 이유로, 나는 그들을 경멸하거나 하등하다고 생각하던 때도 있었다. 그럴 때마다 뒤늦게 나의 뇌리를 관통하는 꾸짖음이 있었는데 그것은, '같은 조건이었다면 우리는 결국 그들과 비슷하게 살았을 것이다.'라는 단순한 문장이었다. 누구에게나 지나온 시절이 있고 앞으로는 다가올 시절이 있듯이 같은 조건 하의 국가는 오랜 시간이 지나면 결국은 비슷한 모습으로 발전한다는 것이다. 다만 미리 앞서간 국가들이 뒤따라오는 국가를 방해하지 않는다면 말이다. 부유해졌다고 해서 가난한 시절의 역사가 삭제되진 않는다. 그 시절을 부정하고 뒤따라오는 자들을 차단하거나, 과거를 자양분으로 삼아 그들이 좀 더 쉽게 따라올 수 있도록 보호해 주거나 그것도 아니면 방관하는 입장을 택할 수 있을 것이다.

물론 성장이라는 것이 규모의 성장만을 말해서는 안 되겠지만 말이다. 한국의 공장에서 일하는 이주노동자들의 삶과 권리에 대해서는 의견이 너무나도 분분하지만 우리의 시선으로 바라볼 때 이들의 처우는 처연할 수밖에 없겠다. 가정을 책임지는 한 사람으로서 상대적으로 많이 벌 수 있는 한국에서 사람 이하의 대접을 받는 사람들이 많다는 건 더 이상 음지의 이야기가 아니다. 불쌍하다며 외면하는 사람들과, 우리의 일자리를 빼앗기고 있고, 범죄 발생률이 높아진다며 추방하자는 사람들과, 인권을 보장해 주자는 사람들이 공존한다. 이런 의견들의 건너에는 이주노동자들의 입장도 있다. 고국에서보다 많이 벌 수 있어서 고국의 누군가에게 더 많은 보탬이 될 수 있다는 자부심이거나, 그들을 위해서라면 온갖 수난을 견딜 수 있다는 희생정신이거나, 먼저 성장한 국가에서의 손에 잡힐 듯 말 듯 한 희망일 수도 있지 않을까. 성장의 속도의 차이가 입장의 대립으로 나타나는 것이다.

나는 그들이 한국으로 오거나 다시 고국으로 돌아갈 때 직접적으로 그들을 대면한다. 그들을 단체로 태우고 고국으로 돌아가는 비행기에서는 유독 여러 가지 감정이 교차한다. 오랜만에 고향으로 돌아가는 그들의 손에는 여러 가지 선물들이 들려있다. 전자제품에서부터 식품까지 하나라도 더 가족들에게 가져다 주려는 마음들이 빼곡하다. 물론 일하는 입장에서는 그 많은 짐들이 반갑지만은 않은 게 사실이지만 그렇다고 무작정 버겁기만 한 것은 아니다. 서로의 입장을 알게 되면, 서로가 조금씩은 마음의 짐을 덜고 한 걸음씩 가깝게 다가갈 수 있다. 여행길이 아닌 마침내 고국으로의 귀향길에 오른 그들을 대할 때면 한편으로는 마음이 젖어든다. 마음이 먼저 움직이기 시작하면 그때부터는 행동에 가식이 끼어들 틈이 사라진다. 아무리 노동의 강도가 버거운 날일지라도 마음이 시키는 행동에는 고됨이 없다.

모두들 각자의 사연으로 어딘가를 떠나 어딘가로 향한다. 언젠가는 돌아갈 수 있는 사연도 있겠지만 영영 그럴 수 없는 사연도 있는 것이다. 그리하여 몸은 떠나지만 마음만큼은 떠나가는 몸의 속도를 따라잡지 못하고 저 멀리서 맴돌다 뒤늦게 따라온다. 모든 게 다른 넓은 세상의 다양한 사람들이지만 떠나고 돌아오는 사연들은 너무도 닮아있다. 그들을 결국 모두 그리운 것으로 향한다. 그리운 것을 위하는 방향으로 향한다. 그래서 그들은 마침내 사람으로 향한다. 언제나 벽을 허무는 것은 말 한마디를 먼저 건네는 용기로부터 시작됐다. 서로가 아무도 용기를 먼저 내지 않는다면 우리는 벽이 없을지라도 서로를 건너갈 수 없다. 바로 옆 좌석에 앉아있는 나와 전혀 비슷한 구석이 없어 보이는 그 사람이 결국은 나와 같은 사람이라는 것을 알게 되는 순간이 바로 우리가 국경 없는 시대에 진짜의 국경을 넘는 첫걸음이 되지 않을까.

묵묵히 삼켜내는 일

동남아 국가들에 도착해 호텔로 가는 외곽의 거리는 사뭇 쓸쓸한 분위기가 느껴진다. 어둠이 한껏 내려앉은 밤의 거리를 밝히는 건 자동차의 조명이거나 가끔 발견되는 대형 광고판에서 번져 나오는 빛이 전부이다. 한 번은 그런 어둠 속에서 간혹 움직이는 두 개의 빛들을 발견한 적이 있다. 차창 밖으로 헤매는 그 명멸하는 빛들은 자세히 보니 다름 아닌 거리의 강아지들이었다. 뼈만 앙상하게 남은 그들이 도로 위를 활보한다. 커다란 버스와 자동차, 그리고 툭툭이라고 불리는 여러 명이 탈 수 있게 개조된 오토바이와 자전거들이 한데 엉켜 내달리고 있다. 하지만 허기에 굶주린 강아지의 눈에 그런 것 따위는 전혀 보이지 않는다. 오로지 당장의 생존을 위해서 먹잇감이 있는 곳이라면 그곳이 어디라도 맹목적으로 달려갈 뿐이다. 그러다가 사람들이 버린 음식물 쓰레기를 발견하고는 다급하게 그 속에 얼굴을 파묻고 찌꺼기를 뒤지곤 하는 모습을 바라보다가 깜빡 잠에 빠지려던 찰나였다. 순간 버스에 타 있던 동료들의 찢어질 듯한 비명소리가 들리더니 뭔가 둔탁한 것이 버스와 부딪치는 소리가 들렸다. 그러다가 이내 미약한 깨갱 소리가 들리더니 그것은 서둘러 저 멀리 뒤로 사라졌다. 무슨 일이 일어난 것인지 영문을 모르던 나는 다급하게 동료들에게 상황을 물어봤다. 강아지가 버스와 정면으로 부딪쳤던 것이다. 버스라기보다는 봉고차에 가까운 차였고, 차체가 상당히 낮았던 까닭에, 굶주린 강아지의 텅 빈 눈빛과 깜짝 놀란 동료의 눈빛은 아주 가깝게 마주칠 수밖에 없었다. 이것이 무엇이라는 인상을 받기도 전에 서로의 눈빛은 산산조각이 나버렸고, 그리고 그것이 마지막이 되었다. 피곤에 지쳐 녹초가 되어있던 우리들은 순간적으로 너무 놀란 나머지 모든 신경이 다시 살아나는 것을 느꼈다.

호텔로 가는 내내 우리들은 놀란 가슴을 쓸어내려야 했고, 강아지의 마지막 눈빛을 바라봤던 동료는 아무런 말 없이 차창 밖을 가만히 바라볼 뿐이었다. 그리고 강아지의 눈빛을 봤던 또 한 명이 있었을 것이다. 현지인 운전사는 강아지의 다급한 몸짓을 봤을 것이고, 눈빛부터 마지막 헝클어짐까지 모든 걸 지켜볼 수밖에 없었을 것이다. 이대로 달리면 강아지와 정면으로 부딪칠 수밖에 없다는 것을 알면서도, 그것이 도로 위의 인간에게 가장 안전한 선택임을 알았을 것이다. 그래서 차마 브레이크를 힘껏 밟거나 핸들을 급격하게 돌리지 못했을 것이다. 당신은 괜찮냐는 우리의 질문에 운전사는 덤덤하게 흔한 일이라며 괜찮다고 말했지만, 나는 그의 눈빛이 이전과는 조금 다르다는 것을 느꼈다. 어쩔 수 없는 일이었다고, 그래서 묵묵히 삼켜내는 중이라고, 언어가 아닌 눈빛으로 그는 말하고 있었다. 로드킬을 흔한 일이라고 말할 수 있게 될 때까지 운전사는 얼마나 많은 거리의 꺼져가는 눈빛들을 감당해야 했을까. 그도 처음에는 우리들처럼 비명을 질렀을 것이고, 운전 후에는 죄책감에 시달려 괴로워했을지도 모른다. 그렇게 몇 번의 사고가 반복되면서 그도 어쩔 수 없이 로드킬에 적응을 하기 시작했을 것이다. 동물이 갑자기 뛰어들면 치고 지나가야만 한다는 것, 그래야 자신과 탑승한 사람들이 안전하기에, 결국은 그럴 수밖에 없다는 것을 주문처럼 외웠을 것이다. 그렇게 처음의 충격과 슬픔이 서서히 옅어지기 시작하다가 마침내 건조하게 반복되는 일상처럼 흔한 일이 되어버린 것이 아닐까. 하지만 죽을 줄 알면서도 뛰어들었던 강아지에게도 자기만의 입장은 있었을 것이다. 도로 한가운데 있는 먹잇감을 지금 가로채지 않으면 다른 강아지에게 뺏길 수 있다거나, 그렇지 않으면 자신의 새끼들에게 먹일 것이 전혀 없었다거나 하는 그런 문제들 말이다.

누군가에게는 비명을 지를 정도로 절망적이고 끔찍한 사건들이 누군가에게는 눈길 한번 가지 않는 평범하고 대수롭지 않은 일상이 될 수가 있다는 사실에 나는 좀 더 살아가는 환경의 상대성에 대한 기묘한 이질감을 느끼며 생각에 잠겼다. 결국은 사람이나 동물이나 환경에 적응해야만 하고, 항상 자신에게 중요한 것들을 모아 저울 위에 올려놓고 비교를 할 수밖에 없다. 모든 게 소중할지라도 가장 소중한 어떤 것을 위해 덜 소중한 것들을 버려야 하는 순간들이 찾아온다. 어쩔 수 없는 일들이었기 때문에, 그리고 그렇게 믿어야 우리가 살아갈 수 있기 때문에, 우리는 목이 찢기는 커다란 고통을 감수할지라도 그것을 묵묵히 삼켜낼 수 있는 것이다. 슬프지만 어쩔 수 없는 일들이 있고, 그렇게 지나간 일은 또 그렇게 저 멀리 뒤편에 남겨둬야 하는 것이다. 그래야만 우리가 묵묵히 발걸음을 내딛고 계속 앞으로 나아갈 수 있으니까 말이다. 생각해보면 살아간다는 건 계속해서 덜 소중한 것을 이기적으로 삼켜내는 일인지도 모른다.

새벽 세시

픽업까지는 아직 여섯 시간이나 남은 시간이다. 나는 핸드폰으로 시간을 확인한 뒤 한동안 뒤척이다 이내 잠에서 완전히 깨어난다. 시차가 완전히 정반대로 바뀌는 곳으로 비행을 올 때면 나는 언제나 이 시간이 되면 본능적으로 눈이 떠지곤 한다. 충분한 수면을 취해야 한다는 압박이 나를 오히려 불면의 길로 이끄는 것인가. 어디까지나 나의 직업은 불규칙한 수면의 덫에서 헤어 나올 수 없다. 나는 기본적으로 감정노동자이지만 엄밀히 따지면 육체 감정노동자다. 비행기에서 행해지는 대부분의 업무는 반복되는 육체활동으로 이뤄지는데 그것 중 가장 기초가 되는 것은 걷기와 앉았다 일어나는 단순한 행위이다. 승객들에게 카트를 이용해 식사를 제공하고 거둬들이는 일련의 과정들에서 자연스럽게 카트의 아래쪽에 위치한 식사를 꺼내고 집어넣으려면 그 단순한 행위를 반복할 수밖에 없다. 그것에는 상당한 체력이 소모되기 마련이고, 그렇게 때문에 비행 전 충분한 수면은 필수요소가 된다.

불면에 대한 압박은 나를 다시 잠으로 빠져들 수 없게 한다. 이렇게 눈을 감고 뒤척이다 만성적인 두통을 안고 일을 나선 적이 수두룩하다. 어차피 다시 잠들지 못할 바에는 이 시간을 낭비할 수 없다는 생각에 이르렀고, 나는 몽롱한 정신으로 침대 옆 테이블의 조명을 켠다. 지난번에 좋아하는 서점에 가서 구매했던 몇 권을 책들 중 하나를 펼친다. 프랑스의 작가가 섹스 후에 남겨진 방안의 장면들을 사진으로 담고, 그것을 글로 묘사한 일종의 에로티시즘 에세이인데 몽롱한 정신을 한순간에 날려 보내기에 상당히 적합한 매력적인 내용들로 이뤄져 있다. 세상에는 정말이지 매력적인 에세이스트들이 많은 것 같다. 그들의 예술 에세이는 일상을 똑같은 반복이라고 여기는 사람들의 뒤통수를 몽둥이로 후려칠 만한 색다른 시선을 가져다주기에 충분하다. 결국은 우리가 일상을 똑같다고 생각할 뿐 단 한 번도 똑같았던 일상은 존재하지 않았다는 것을 알게 된다. 하물며 매일 똑같이 시차에 허덕이는 나의 일상도 자세히 들여다보면 날마다 천차만별이다. 잠에 빠져들었던 깊이나 옆방 아이의 울음의 빈도나, 그리고 복도를 지나가는 여행객들의 캐리어 바퀴 소리 같은 사소한 것으로도 나의 하루는 완전히 다른 컨디션으로 시작되기 마련이다. 게다가 오늘 비행기에 탑승하는 첫 승객이 어떤 표정으로 나의 인사를 받아주느냐에 따라서도 심적으로 전혀 다른 하루가 펼쳐진다. 살아가면서 우리의 일상에서 반복이 아닌 것을 찾기란 거의 불가능하다는 것을 알아간다. 반복 속에서 특별함을 찾아내는 혜안을 가진 사람들만이 일상을 조금이나마 다르게 살아갈 수 있는 행운을 누린다. 그러려면 일상에 깊숙이 파고들고자 하는 습관이 바탕이 되어야 할 테지만 아이러니하게도 이것은 일상의 익숙함에 가장 먼저 무너지기 쉬운 의지이다. 일상에 대한 끝 모를 침잠과 익숙함에서 비롯된 체념은 슬프게도 서로 양립할 수 없는 관계를 이루고 있다.

날아가는 시간의 날개의 한 쪽만이라도 어떻게든 잡아보겠다는 심정이 나를 피로 속에서도 책을 펼치게 만드는 동력이다. 책 페이지는 눈꺼풀처럼 육중하게 넘겨지고, 이런 행동에는 분명 내 체력을, 결국은 내 생명을 쪼개서 쓰고 있는 시간이라는 보상심리가 발동해 책 속의 모든 문장들을 빨아들이려 충혈된 눈이 더욱 빨갛게 차오른다. 나 자신을 너무 혹사시키는 것이 아니냐는 주변 사람들의 말들을 종종 듣지만 이것만이 내가 가장 소중하게 생각하는 일을 지켜내는 유일한 방법이다. 밥벌이와 글쓰기를 동시에 해내려면 보통 지독하지 않고서는 불가능한 일이니까 말이다. 다른 것은 몰라도 항상 노트북을 캐리어에 챙겨서 다니는 이유이기도 하다. 어떤 결과물이 창출될 것인가는 별개로 나는 내 체화된 작가적인 습관들을 계속해서 내 몸에 가둬놔야만 한다. 강박으로 살아가는 사람들은 마치 끊임없이 숙제를 해가는 것과도 같다는 생각이 든다. 어느덧 픽업 시간이 가까워진다. 읽던 페이지를 마저 읽고 책갈피를 끼워 넣는다.

언젠가 만나던 사람이 선물해 줬던 내가 좋아하는 명화가 그려진 책갈피이다. 기억이나 추억들은 언제나 나를 불현듯 생각에 빠져들게 만든다. 그럴 수 있는 순간들이 많았다는 것은 축복이기도 하겠지만 어쩌면 형벌이기도 하다. 누군가를 만났던 것이 결국엔 죄가 될 수도 있다는 것은 삶의 양면성을 극명하게 보여주는 것이 아닐까. 이제는 한국으로 돌아가기 위해서 입고 있던 잠옷을 벗고 샤워를 한다. 아까 읽었던 책의 프랑스 작가처럼 추락한 잠옷들의 형체를 있는 그대로 사진으로 남겨두면 어떤 기분이 들까. 우선은 또다시 나를 조금 내려놓을 시간이다. 잠 대신 독서와 글쓰기를 택한 죄로 오늘도 나의 육체는 적잖이 고통받을 것이다. 정신과 인식이 충만하다면 이 육체와의 위험한 거래는 당분간 계속될 것 같다.

다시 집으로

우즈베키스탄의 수도 타슈켄트로 비행을 떠난 날이었다. 이래 봬도 입사 오 년 차에 가까워졌지만 아직 비행으로 가보지 못한 도시들이 많았다. 개인의 선호는 비행 스케줄이 만들어질 때 고려 대상이 아니기 때문에 나는 한 달 치의 스케줄이 주어지면 그것을 받아들이는 것 이외에는 할 수 있는 것이 없었다. 그렇게 입사 이래 오 년 만에 처음으로 타슈켄트행 비행기에 올랐다. 사실 타슈켄트 노선은 승무원들 사이에서 피로도가 상당히 높은 노선으로 유명하다. 대부분의 승객들이 한국의 3D 업종에 취직을 한 우즈벡의 젊은 청년들이기 때문에 다량의 술과 음식을 요청하는 것을 물론이거니와, 노동 현장에서 간접적으로 학습한 한국어로 끊임없이 승무원들을 형 혹은 누나라고 부르며 장난치듯 다양한 요구를 한다고 알려져 미리 마음의 준비를 하고 출발하지 않으면 현지 승객들의 '특별함'에 당혹감을 감출 수 없다고 들었다.

소문은 사실이었다. 그들은 비행기에 탑승할 때부터

진한 노동자의 아우라를 풍기며 등장했고, 스스로 학습한 비속어가 다량 섞인 한국어로 승무원들에게 해맑게 인사를 건네 왔다. 그리고는 인사와 함께 맥주를 요청해 왔는데 이륙 후에 제공한다는 말에도 그들은 알 수 없는 웃음을 짓곤 했다. 혹시나 이들이 우리의 약점을 잡고 일부러 놀리고 있는 것은 아닌가 싶은 생각도 들었지만, 그 생각에 골몰해 있을 만한 여유는 없었다. 그들이 각자의 그럴듯한 이유를 들며 각자의 요구를 해왔기 때문이다. 손님의 응대에도 당연한 순서가 있는 것인데 그들은 자신의 순서를 기다리지 않았고, 내가 다른 손님을 응대하고 있어도 그 사이를 비집고 들어와 자신이 필요한 것만을 반말로 말했다.

"형 화장실이 어디야?"
"형 나 맥주 다른 걸로 바꿔주면 안 돼?"

무례하다는 느낌을 받았던 건 사실이었지만 이상하게도 참아야 할 만큼의 화는 나지 않았다. 그들의 말투와 태도는 글로벌 매너와 에티켓과는 상당히 거리가 멀었지만, 그들의 표정과 눈빛에는 선량함과 천진난만함이 섞여있었기 때문이다.

사람을 알아가는 과정에 있을 때 상대방에게서 가장 큰 매력이나 실망을 느끼게 되는 순간은 바로 반전을 발견하게 되는 때이다. 겉보기와는 전혀 다른 모습을 발견하게 되었을 때 서로의 거리는 성큼 좁혀지거나 홀가분하게 멀어진다. 그런데 투박한 말투와 선량한 눈빛이라니. 이것은 보통 매력적인 게 아니었다. 다 큰 사내들을 이렇게 표현하면 커다란 실례가 되겠지만 그들은 소풍을 나온 유치원생들 같았다. 노동의 환경에서 자주 쓰이는 한국어 정도지만, 그것을 응용해 자신들의 요구 사항을 투박하지만 미안한 표정으로 말했고, 별것 아닌 요청을 흔쾌히 들어줬을 때는 그렇게 연신 고개를 숙이며 고맙다는 말을 반복했다. 반말로 된 부탁이 머리를 내리치면 선량한 눈빛이 마음을 진정시켜주는 모순된 상황과 기분이 나를 엄습했다. 그들은 한국어에 능통한 앞사람이 주문하는 것을 유심히 관찰하다가 자신도 그 사람과 똑같은 방식으로 주문을 했다. 앞사람이 손을 들어 나를 부르면, 그렇게 했고, 호출 버튼을 누르면, 또 그렇게 따라 했다. 하지만 요구 사항을 말할 때는 상당히 긴장된 조심스러운 모습을 보여줬는데, 이것은 아마도 언어의 장벽에서 오는 차이일 수도 있겠지만, 그들이 한국에서 노동자로 살아가며 얼마나 자신의 입장을 말하기 힘든 상태로 지내왔는지를 짐작할 수 있게 해줬다. 요즘은 예전보다는 외국인 노동자들에 대한 처우가 많이 나아졌다고는 하지만, 그럼에도 각종 언론에는 여전히 몰상식하고 비인간적인 대우를 받는 그들의 사연이 흘러나온다. 물론 그들 또한 다양한 범죄를 일으키고 있는 것도 사실이기 때문에 내적인 성장이 이뤄지려면 서로의 입장과 행동이, 그리고 그것을 받쳐줄 수 있는 법과 제도가 균형을 유지하는 것이 가장 중요한 문제라는 것도 우리 모두 알고는 있다.

젊은 청년들의 식성은 비행기에 있는 모든 것들을 먹을 것처럼 대단했고, 은근 슬쩍 장난을 쳐오는 그들을 적당히 기분 좋게 무시할 줄도 알게 될 만큼 익숙해졌을 때 서서히 비행기는 타슈켄트에 도착하고 있었다. 미처 아직 작성하지 못한 세관신고서를 작성하며 작성 방법에 대해 문의를 해오는 사람들이 많았다. 가족들에게 주려고 음식을 잔뜩 싸왔는데 일일이 신고해야 하느냐, 가족들에게 주려고 돈을 이 만큼이나 많이 벌어왔는데 이것도 여기에 적어야 하느냐, 그렇게 되면 이 돈을 뺏기게 될 수도 있느냐. 내가 잘못 작성하면 가족들에게 피해가 가느냐. 질문이 온통 가족으로 가득했다. 자신에게 돌아올 불이익보다 가족에게 돌아갈 불이익의 가능성이 얼마나 있는지를 어설픈 한국어로, 하지만 분명하게 물어봤다. 그들 중에는 돈을 이렇게 많이 벌어왔다며 직접 현금을 보여주는 사람도 있었다. 그는 한국의 공장에서 일한 지 오 년이 넘었다고 했다. 그런데 그 오 년 동안 단 하루도 쉬지 않고 일을 했고, 오늘이 오 년 만에 처음 집으로 돌아가는 길이라고 했다. 나는 조금은 놀란 표정을 지으며 무심코 물어봤다.

"오 년 동안 가족들이 많이 보고 싶지 않았어요?"

"가족들이 보고 싶어서 더 열심히 일했어요. 그래야

얼른 돈을 모아서 돌아올 수 있으니까."

가족 이야기를 꺼내는 그의 눈망울은 꼭 사슴 같았다. 그의 대답을 듣고 비행 내내 시끌벅적했던 우즈벡 청년들을 둘러보니 각자의 사연들을 품고 있는 것 같아서 마음이 저려왔다.

비행기가 타슈켄트 공항에 착륙하는 동안 그들은 창밖으로 보이는 고국 땅의 풍경에서 시선을 거두지 않았고, 무사히 착륙하자 그들은 일제히 박수하며 환호했다. 다양한 사건들과 사연들이 많았겠지만 어찌 됐든 이제 가족들이 기다리고 있는 집으로 돌아온 것이다. 공항 밖을 나가면 몇 년 만에 사랑하는 사람을 안아볼 수 있는 것이고, 그들과 따뜻한 저녁 식사를 할 시간이 오랜만에 찾아온 것이다. 그들은 비행기를 내리며 마지막 인사도 잊질 않았다.

"형 고마워. 잘 지내."

몸은 지칠 대로 지쳤지만 마음만은 속수무책으로 따뜻했던 날이었다. 나의 편견은 비행이 시작되기 전부터 그들을 할퀴었지만, 그들은 아랑곳하지 않고 투박하지만 선량한 표정으로 나의 편견을 외면하고 감싸주었다. 그들은 말로만 듣던 이상하거나 특이한 사람들이 아니라, 우리와 다를 게 하나도 없는, 아니 우리보다 훨씬 맑은 영혼을 소유한 특별한 사람들이었다. 이들을 직접 응대해보지 않았다면 나의 협소한 편견이 만들어낸 특이함이라는 괴물을 특별함이라는 선물로 바꿀 수 있었을까. 언제나 사람들로 소란스러운 직업이지만 가끔은 이렇게 사람들을 직접 겪어볼 수 있어서, 그렇게 또 하나의 편견이 깨지게 되는 따뜻한 초대를 받는 것 같아서 참 다행스러운 날이었다. 앞으로도 특이함이 특별함이 되는 그 소중하고 소소한 순간들을 알아챌 수 있는 날들이 오래도록 이어졌으면 하는 바람이다.

문이 열리고

짐을 찾아 게이트로 향한다. 문이 열리면 수많은 사람들의 얼굴과 마주친다. 그들은 공항을 빠져나오는 인파 속에서 오직 단 한 사람을 발견하기 위해 온 신경을 집중해 두리번거린다. 누군가를 애타게 기다리는 눈빛의 깊이는 심연에 맞닿아있다. 바닥이 없는 깊이, 모든 것을 빨아들일 듯한 강렬함. 그들의 눈빛에 닿으면 괜스레 뜨거워져 고개를 돌린다. 기다리던 누군가보다 다른 사람과 먼저 눈이 마주치면 서로 민망해지기 마련이다. 폭발하기 직전의 감정을 품고 있는 사람은 어딘가 모르게 초조해 보인다. 드디어 찾는 사람을 발견했는지 그들을 멀리서 서로의 이름을 부른다. 사랑하는 사람의 이름을, 기다리던 사람의 이름을, 만나야만 하는 사람의 이름을 각자의 음성으로 부른다. 그들이 무슨 관계이든 게이트라는 공간은 그 모습을 극적으로 비춘다. 조금 더 아름답게, 조금 더 씁쓸하게, 그리고 조금 더 쓸쓸하게. 미소를 짓고 포옹을 하는 사람들, 형식적인 악수만을 나누는 사람들, 눈물을 흘리며 키스를 나누는 연인들. 내게는 일상이 된 피곤한 퇴근길이 그들에게는 하나의 장면이 되어 영원이 될 것을 생각한다.

날마다 그 사이를 무심한 듯 지나친다. 때로는 무심한 태도가 보장해 주는 것이 있다. 나를 포함하지 않은 평온이나 행복을 발견했을 때 구태여 그들의 감정에 관여하려 하는 것보다 모르는 척 지나치는 일이 그들을 지켜주기도 한다. 모르는 사람의 불행을 외면하면 인정없다는 소리를 들을 수도 있겠지만, 도울 수 있는 게 확실하지 않다면 상대방은 오히려 조금 더 불행해질 수도 있다. 감정에 휩싸여있는 사람들을 매일 본다는 것은, 그들을 매일 지나친다는 것은 나에게 어떤 의미로 남게 될까. 언젠가 너무 멀어진 나를 지켜주는 끈이 될까.

잠들지 못 하는 새벽에

날마다 다른 시간에 잠들고 일어나야 하는 일은 스케줄 근무를 하는 사람이라면 누구나 겪는 어려움일 것이다. 게다가 시차가 크게 차이 나는 외국에서도 한국의 시간과는 관계없이 언제든 자신의 수면패턴을 길들여야 하는 비행기 승무원의 삶에는 그것보다 조금은 더 투정 섞인 어려움이 따르기 마련이다. 물론 뒷머리에 수면 버튼이 장착되어 있는 것처럼 언제 어디서든 눕기만 하면 잠에 빠지는 축복 받은 사람도 있지만 잠귀가 밝고 애초에 예민한 성격을 소유한 나 같은 사람에게는 어떻게 해야 쉽게 잠에 빠질 수 있을지가 언제나 당면의 과제였다. 특히나 신입시절에는 새벽 서너시에 일어나야 하는 스케줄이 찾아올 때면 거의 밤을 꼬박 새우고 출근을 하는 일이 잦았다. 오랜 시간 새벽이 되어야 잠이 드는 패턴으로 살아온 까닭에 이제 막 잠들 시간에 깨서 출근을 해야 한다는 게 가장 커다란 어려움으로 다가왔다. 아무리 일찍 누워 눈을 감고 있어봐도 도통 잠은 오질 않고 일찍 일어나야 한다는 압박감에 연신 핸드폰 시계만 바라볼 뿐 그토록 원하던 잠은 저 멀리 달아나고 있었다. 그렇게 잠 못 이루고 출근을 하면 비행 내내 몽롱한 정신과 지친 얼굴로 일할 수밖에 없다. 다행히 계속 몸을 움직이는 일이라 일하면서 잠이 들진 않지만 잠시나마 어딘가에 앉거나 기대면 몰려오는 잠을 참을 수 없었다.

더 이상은 안되겠다는 생각에 어떻게든 일찍 잠들 수 있는 방법을 찾기 시작했다. 아무래도 몸이 극심하게 피곤하면 지쳐쓰러져 잠들 수 있을 것이라는 믿음으로 새벽 출근인 날이면 의도적으로 일찍 일어나 헬스장에 가서 평소보다 무리해서 운동을 했다. 예상대로 몸은 녹초가 되었지만 예상과는 다르게 밤이 되어도 잠은 오지 않았다. 운 좋게 잠에 빠져든다 할지라도 깊은 잠과는 무관한 선잠에 빠졌다 쉽게 깨어나기 일쑤였다. 이렇게 되면 전 날 무리한 운동에서 비롯된 체력 고갈과 몽롱한 정신까지 합쳐져 더욱 저조한 컨디션으로 일을 하게 될 때가 많아서 이 방법은 보류하게 되었다. 생각해보니 오늘은 새벽 세시에 일어났지만 내일은 아침 일곱시에 일어나야 하고, 모레는 늦잠을 잘 수 있는 스케줄이고, 계속해서 이런 불규칙성이 반복되는 한 잠을 길들이려는 생각 자체가 어리석게 다가왔다. 스스로 잠을 길들일 수 없다면 이번에는 약의 도움을 받아보기로 하고 동료들에게 괜찮은 약을 수소문하기 시작했다. 병원 처방이 필요하지 않은 수면에 도움을 주는 약들이 이렇게나 많은 줄은 꿈에도 몰랐다. 게다가 미국의 마트에서만 살 수 있는 성분이 강한 약들도 많았는데 밤에 먹을 용도로 만들어진

타이레놀을 비롯해서 멜라토닌 성분이 함유된 젤리, 그리고 한약제로 만들어진 한국의 알약들까지 정말로 다양한 종류의 약들이 판매되고 있었다. 실제로 미국에서 산 진통제 종류의 약들은 성분이 지나치게 과해서 반 알만 먹어도 쉽게 잠에 빠져들 수 있었는데 문제는 알람 소리도 듣지 못한 채 계속 잠에서 깨어나지 못할 수도 있다는 것이었다. 그래서 잠을 지속시키는 것에는 영향은 없지만, 잠에 빠져드는 것에는 도움이 된다고 하는 멜라토닌을 즐겨 먹게 되었다. 사실 멜라토닌은 햇볕을 충분히 받으면 체내에서 분비되는 호르몬이지만 바깥 활동을 즐기지 않는 나로서는 충분히 분비될 리가 없었다. 멜라토닌을 먹기 시작하고 별다른 부작용은 느껴보지 못했지만 문제가 있다면 정확하게 세 시간 후에 잠에서 깨어난다는 것이었다. 잠이 오지 않을 시간에 억지로 약의 힘을 빌려 잠에 든 것이 화근이었는지는 모르겠지만 나의 경우에는 알람을 맞춰 놓은 것처럼 딱 세 시간이 지나면 잠에서 깨어났다. 게다가 모든 약이 그러하듯 멜라토닌에도 내성이 생겨서 어느 순간부터는 그냥 습관처럼 먹는 종합 비타민처럼 여겨질 뿐 숙면에는 효과가 떨어졌다.

어차피 약은 먹지 않을수록 몸에 이롭다며 스스로를 달래면서 멜라토닌도 끊게 되었다. 그리하여 다시 지독한 불면이 곁으로 찾아왔고 여전히 그 짐승을 길들이지 못한 내가 약을 완전히 끊는다는 것은 불가능한 일이었다. 대신에 도저히 참을 수 없는 지경에 다다를 때만 알콜이 미량 함유된 감기약 시럽을 조금씩 마시기 시작했다. 흡수가 빠른 시럽의 형태와 알콜이 합쳐져 뭔가 알딸딸한 기분으로 잠에 쉽게 빠져들뿐더러 몸살기가 있을 때는 통증도 말끔하게 달아났다. 역시나 서양인을 위한 강한 약이라는 놀라움과 계속 마시다가는 간이 남아나질 않겠다는 걱정이 함께 동반되었지만 당장의 새벽 출근에 대한 압박이 건강에 대한 강박을 넘어서게 되었다. 그렇게 간헐적으로 수면에 도움이 되는 복용을 하며 오년이 넘는 시간 동안 스케줄 근무를 이어가고 있다. 세월의 흐름에 따른 체력 저하와 피로가 누적된 탓인지 지금은 그래도 예전보다는 약의 도움이 없어도 잠에 들 수 있는 날들이 많아지고 있다. 불규칙한 수면 패턴에 대한 적응이라기보다는 어떻게든 수면을 취해야만 하는 생존에 관련된 본능적인 자기보호인 것 같다. 그것도 아니면 단지 모든 불면의 상황에서 해탈한 초인적인 방치라고나 할까. 그동안 먹었던 약들은 분명 도움이 되었지만 아무래도 그 덕에 조금은 더 편안해진 마음의 나를 조금이나마 잠들 수 있게 해줬던 것 아니었을까.

몸만 뉘면 잠을 잘 수 있는 사람과 나 사이에 가장 커다란 차이가 있다면 그들은 약의 도움 없이도 마음의 평온을 찾을 수 있는 외부의 스트레스에 취약하지 않은 사람들이라는 점이다. 그렇지만 스트레스에 취약하여 잠 못 이루는 나도 나름대로의 생존 방식을 찾았다면 그것은 바로 체념이고 포기이다. 결국 지금은 하루 정도 못 자도 상관없다는 해탈의 마음으로 비행을 다니고 있다. 지금이 몇 시든 내일은 몇 시부터 하루를 시작해야 하든 우선은 잠이 찾아올 때 자고, 잠이 오지 않으면 깔끔하게 포기하고 깨어있는 방식으로 흘러가듯 그렇게 살아가고 있다. 모든 사람은 상황에 따른 각자의 생존 방식을 찾기 마련이라고 하던데 때로는 포기라는 방식도 가장 유용한 해결책이 될 수도 있는 것일까. 어제는 새벽 다섯시에 깨어나 출근은 했는데 그렇다면 아직 정해지지 않은 내일의 스케줄은 과연 나를 몇 시에 깨어나게 만들 것인가.

생각은 나의 유일한 주인이자 어설픈 감옥이며 나를 놓아주지 않는 깊이를 가늠할 수 없는 늪이다.

친절함의 등급

스마트폰 요금제를 바꿔야 할 일이 있어서 통신사에 전화를 걸었다. 잠에서 깨자마자 전화를 걸었던 탓에 내 목소리는 지하 세계의 어떤 것처럼 한없이 잠겨 있었는데 상담해 주시는 분의 목소리는 그게 설령 가식이었을지라도 무척이나 밝고 명랑하면서도 상냥했다. 그런 목소리를 대하면서 나는 괜스레 미안한 마음이 들어 몰래 헛기침을 하며 목소리를 다듬었다. 그분은 상담해 주시는 내내 그 목소리와 상냥함을 유지해 주셨고, 나의 계속되는 궁금증에도 그 태도를 잃지 않고 더 나은 요금제에 대한 자세한 설명까지 곁들여 주셨다. 덕분에 나는 내가 그동안 어리석게도 사용량보다 훨씬 더 많은 요금을 지불하고 있었다는 것을 뒤늦게나마 알아차렸고 그제야 내게 맞는 적당한 요금제를 새로 사용할 수 있게 되었다. 예쁜 말에는 꽃이 핀다는 말이 있는 것처럼 나는 기분 좋게 아침을 시작할 수 있겠다는 확신이 들었다. 그런데 도와주셔서 고맙다는 말과 함께 전화를 끊으려 하자 상담원분이 갑자기 돌아서는 사람의 어깨를 다급하게 잡듯이 나를 불렀다. 고객님, 혹시 괜찮으시면 문자로 서비스 평가 양식을 보내드릴 테니 작성해 주실 수 있냐는 것이었다. 나는 잠시 망설이다 흔쾌히 알겠다고 대답하긴 했지만 어딘가 모르게 조금 씁쓸한 기분이 드는 것을 막을 수는 없었다. 그 상냥한 친절이 결국은 평가를 위한 것이었다는 생각이 드니 따뜻해진 마음이 식어가는 것 같았다. 설마 아무런 목적도 없이 모든 고객에게 진심을 담은 친절함을 베풀어 줄 것이라는 기대를 했던 내가 너무 순진했던 걸까. 게다가 그분처럼 나도 한국에서 서비스업 종사자로 일하고 있으면서도 말이다. 알만큼 알게 됐으면서도 입장 하나 잠시 바뀌었을 뿐인데 나는 가식이 아닌 진심을 원했던 게 아닌가.

사실 서비스를 제공하는 것을 전문으로 하는 기업에서 서비스 제공자인 직원들을 평가하기란 쉽지가 않다. 어떻게 고객을 대하고 있는지 일일이 지켜보는 것도 거의 불가능하고, 고객도 개인마다 자신들에게 제공된 서비스를 어떻게 받아들이냐가 성격이나 그날의 기분에 따라 제각각이기 때문에 평가의 잣대를 세우는 게 여간 까다로운 일이 아니다. 그래서 대부분의 서비스 기업에서는 고객들로 하여금 직접 직원들을 평가하게 하는 방식을 채택하고 있는데 일종의 '칭찬 편지' 같은 것이다. 이를테면 편지에 '어떤 직원의 서비스가 너무 훌륭해서 기분 좋은 식사가 되었어요. 다음에도 꼭 이곳을 이용할게요.' 하는 식의 글을 써주면 해당 직원의 인사고과에 가점이 되는 방식이다. 사무직에서 좋은 레포트가 좋은 성과로 이어지는 것처럼 서비스업에서는 이런 칭찬 편지와도 같은 방식이 좋은 성과가 된다는 것은 부정할 수 없는 당연한 일이다. 그런데 고객으로부터 칭찬 편지를 받는 일은 자신의 친절함과 정확하게 비례하는 것은 아니다. 모두가 똑같이 상냥한 서비스를 제공해도 서비스를 받는 고객에 따라 전혀 다른 결과가 나오기 때문이다. 사실 좋은 서비스를 받았다고 해서 마음 깊이 따뜻한 감동을 받을 수는 있을지언정 그것을 다른 방식으로 표현하는 고객은 많지 않다. 따뜻함을 훈훈하게 마음에 간직하고 떠나는 고객, 그것을 말로 수줍게 표현하고 떠나는 고객, 간혹 그것을 칭찬 편지와 같은 방식으로 직원의 고과에까지 신경을 써주는 고객 등 정말로 다양한 자기만의 방식으로 서비스에 대한 기억을 간직한다. 그것처럼 직원들 또한 다양한 방식으로 서비스를 마무리한다. 단지 받아 가는 돈에 대한 의무만을 다하는 직원, 좋은 서비스를 제공했다는 만족감으로 잠시나마 고객들과 친근한 관계가 되는 직원, 그리고 그것에 머물지 않고 직접적으로 칭찬 편지를 이끌어 내는 직원 등 다들 각자의 몫이고 각자의 선택인 것이다. 그리하여 오늘 어떤 고객과 어떤 직원이 만나느냐에 따라 천차만별의 감정과 마음이 생겨나고 성과 또한 직원에게 긍정적이거나 부정적인 영향을 줄 수도 있는 것이다. 나는 개인적으로 좋은 서비스를 제공하고 있는지는 확신할 수 없지만(웬만한 직원들이 나보다는 훨씬 친절하다) 승객들이 비행기에서 내리면서 웃는 얼굴로 고생 많았다며 격려해 주시는 그 순간이 있다면 감사하며 만족하는 편이다. 항상 진심으로 서비스를 제공할 순 없지만 진심이 우러나는 상황도 적지 않아서 그럴 때는 내가 할 수 있는 모든 것들을 제공해 주고 싶다. 돌아가신 할머니 같아서, 고향에 계신 어머니 같아서, 또래의 친구 같아서 원하지 않아도 나도 모르게 진심이 흘러나가는 순간들은 얼마든지 존재한다. 그런 분들에게 칭찬 편지에 대한 이야기를 꺼내는 것이 왠지 미안하기도 하고, 나의 마음이 대가를 바랐던 것으로 오해를 받을까 봐서 나는 아직까지도 그런 이야기를 꺼내보지 못했다.

살아가다 보면 이곳과 저곳을 가르는 강을 앞에 두고 건너야 할지 말아야 할지 고민하는 순간들이 자주 찾아온다. 어쩌면 삶의 모든 순간이 그것뿐일지도 모른다. 그 강을 건너서 조금 머물다 다시 돌아올 수 있을 것이라 생각했지만 결코 돌아갈 수 없었던 순간들을 우리는 기억하고 있다. 그리하여 우리는 지금 한 번 이 강을 넘으면 다시는 돌아올 수 없다는 것을 경험으로 깨달았기에 점점 더 겁이 많아지고 망설이게 되는 것이 아닐까. 나로서는 고객들에게 나를 평가해 달라는 그 말을 꺼내는 것이 하나의 강을 건너는 것과도 같다. 처음에만 어렵지 점점 더 쉬워지고 그 말을 꺼내면서 그것이 미안하거나 민망한 일이라는 사실에 무뎌질 것이라는 알기 때문에 나는 더욱 이것을 지키고자 한다. 그 말은 내가 추구하는 삶과 정면으로 위배되는 것이라 누군가는 나를 보고 별것 아닌 것에 연연한다고 할지라도 나로서는 내가 오래도록 지켜온 나의 세상이 송두리째 무너지는 것이다.

험담을 하는 것 같아서 죄송스럽지만 오늘 상담을 해 주신 상담원분은 서비스 평가에 대한 이야기를 꺼내시면서 아무런 어색함이 없었다. 이제 어느 정도 능숙하게 고객을 다룰 줄 알게 된 베테랑 같은 분이지 않았을까 생각한다. 아마도 그분에게도 그 마지막 말을 입 밖으로 꺼내려다 망설였던 시절이 있었을 것이다. 이것은 아닌 것 같다며 자신만의 신조를 지키려다 상사의 압박에 조금씩 훈련을 시작했을지도 모른다. 이번에는 고객에게 부탁을 해봐야지, 하면서도 결국은 말이 되지 못한 그 문장이 입속에서 맴돌다 증발했던 순간도 무수했을 것이다. 그러다 이내 말을 꺼내게 됐을 것이다. 가슴 졸이며 문장을 하나씩 입 밖으로 꺼내봤을 것이다. 죄송하지만, 이라고 시작했던 말이 점점 더 능수능란해지는 것을 느끼며 이제는 그 말을 들었을 고객의 심정보다는 자신이 다른 직원보다 얼마나 좋은 평가를 받고 있는지에 더 연연하게 되었을지도 모른다. 사실 이것은 이렇게 진지하고 심각하게 받아들일 일이 아니라는 것쯤은 나도 알고 있다. 이 세상에 공짜는 없다는 것을, 직원을 평가하는 일에 공정한 기준을 세운다는 것은 어쩔 수 없는 당연한 일이라는 것을 알고 있다. 그리고 그 기준을 넘기 위해서 어떤 방식을 선택하는지는 전적으로 평가를 받는 사람들의 선택이라는 것도 말이다. 개인의 사정과는 상관없이 항상 밝고 친절한 모습을 보여야 하기 때문에 서비스업에 종사하는 사람들을 감정노동자라고 부르지만 생각보다 그들은 진심일 때가 많다. 물론 진심이 통하는 사람들을 상대할 때만 가능한 일이지만 말이다. 직장에서 고객과 직원으로서가 아닌 진심이 통하고 마음의 언어가 서로에게 닿을 수 있는 관계를 대하게 된다면, 그 순간만큼은 세상에는 아직 공짜로 주고받을 수 있는 게 많다는 것을 알게 되지 않을까. 어쩌면 나만 아직도 세상을 모르고 혼자서만 점잖고 순진하게 살아가고 있는 것인지도 모르겠다. 바로 앞의 강을 건너지 않고 나만의 기준을 지켜내는 일, 그 일의 고귀함을 믿어본다.

눈을 바라보다

금방 지나갈 것 같던 코로나19가 한국 사회를 잠식하고 있다. 확진자는 하루가 다르게 늘어나고 있고, 질병의 전파와 대외적인 대책에 대해서 의사 협회와 정치권 뿐만 아니라 국민들도 편을 나눠 대립하고 있다. 확진자가 다녀간 지역은 방역을 위해 한동안 폐쇄되었고, 자연스럽게 해당 지역의 상권도 생존이 급박해졌다. 날마다 뉴스는 코로나19 질병에 대한 소식들로 가득했고, 사람들은 경쟁하듯 진짜 뉴스와 가짜 뉴스를 전달하느라 분주했다. 질병은 내가 몸담고 있는 항공업계에도 직격탄을 날렸다. 사실 전염에 가장 직접적으로 노출되어 있다고 볼 수 있는 직종은 수많은 사람들과 접촉하는 서비스 업종이고, 그중에서도 전 세계 사람들과 가장 밀접하게 접촉하는 직업이 바로 승무원이다. 어느덧 한국이 코로나19 위험국가로 분류가 되어 여행금지 국가가 되었다. 지금까지 알던 여행금지 국가는 언제나 전쟁이 진행 중인 아프리카 일부 국가만을 의미했는데 한국이 금지 국가가 되다니 상상도 할 수 없는 일이있다. 그래서 승무원들은 마스크와 비닐장갑 등을 끼고 일을 하고 있다. 마스크는 전염을 예방할 수 있는 최소와 최선의 방법이지만 갑작스러운 착용은 엄청난 불편함을 불러일으켰다. 착용에 대한 불편함은 물론이거니와 승객과의 대화를 통한 소통에 있어서 얇은 벽을 사이에 두고 말을 하는 것처럼 서로의 말을 알아들을 수 없다. 평소보다 커다란 목소리로 말을 하고 있지만 서로가 입을 가린 상태에서는 오로지 눈의 모양과 움직임만이 가장 정확한 의사소통의 수단으로 변해가고 있었다.

평소에는 자유롭게 움직이는 입으로 표정을 나타낼 수 있었지만 이제는 눈으로만 표정을 나타내고 있다. 사람의 눈이 이렇게나 다양한 모습으로 변한다는 것을 그동안은 잊고 지냈던 것이다. 동양에서는 눈을 보고 말하는 것이, 그리고 서양에서는 인중을 보고 말하는 것이 대화 예절이라고 들었지만 상대방의 눈을 바라보고 말한다는 것은 녹록지 않은 일이었다. 눈을 오래 마주치고 있자면 부담이 돼서 자연스레 시선을 피하곤 했었는데 지금은 사람의 얼굴에 원래부터 눈만 위치해 있던 것처럼 모든 사람의 얼굴을 보면 눈만 동그랗게 떠 있다. 평소에는 유심히 들여다보지 않아 알아채지 못했던 눈에 담긴 사람의 마음과 기분을 알아채게 되었고, 상대방이 눈을 얼마나 자주 깜빡거리는지, 그리고 눈가의 주름이라고 해서 다 같은 모양으로 생기는 건 아니라는 것을 새롭게 알게 됐다. 맑은 눈을 가진 사람은 그에 걸맞은 태도로 상대방에게 조심스레 행동했고, 탁한 눈을 가진 사람은 혼자서도 어딘가 몸이 좋지 않거나 불안해 보였다. 마스크를 쓰고 사람의 눈을 유심히 바라보다 보니 눈은 건강과 마음 상태의 지표라는 말을 절감하고 있다.

하지만 지금은 눈빛으로 교감하는 것보다는 마스크와 마스크 사이에 적막한 긴장과 의심만이 감도는 것이 사실이다. 마주치기만 해도 돌로 변해버리는 메두사의 눈빛을 바라보는 것처럼 서로가 서로를 기피하고 있다. 이미 승객은 절반 이상으로 줄어들었고, 저가항공사는 매각 소식이 들릴 만큼 상황이 심각해졌고, 대형 항공사도 날이 갈수록 운항이 취소되거나 감편이 되는 바람에 매출 적자가 계속해서 불어나고 있다. 게다가 스케줄에 따라 살아가는 승무원에 대해서도 무급 휴직을 신청받거나 한시적인 감봉 조치를 한다는 항공사도 있다. 아무리 휴식에 목말라있던 사람일지라도 질병에서 비롯된 조치로 인한 휴식을 바라지는 않았을 것이다.

이제야 상대방의 눈을 바라보며 그 두 개의 동그란 기관에 사람의 마음과 태도가 담길 수 있는 그릇이라는 것을 알아가고 있는데 현실의 위기로 일자리가 줄어들고 있다. 얼굴에 선명하게 남은 마스크 자국이 표정을 대체하고 있다. 눈을 바라보고, 입을 바라보고, 그리고 어디에서든 활짝 웃으며 이야기를 나누던 그런 당연한 것들이 그리운 요즘이다. 너무 깊고 커다란 슬픔 없이 지나가는 겨울과 함께 이 위기가 지나가주길 바라는 마음이 들었다. 곧 예정대로 봄이 만개할 것이다.

주인 없는 집

문을 열고 오랜만에 집에 들어선다. 한데 묶인 크고 작은 여행용 캐리어 세 개가 나와 함께 집안으로 달려 들어온다. 우선은 유니폼을 세탁기에 던져두고 차례로 짐을 풀기 시작한다. 해외에서 잠시 머물며 생활한 흔적들을 하나씩 꺼내 정리한다. 몇 벌의 옷가지와 비상용 통조림 캔, 그리고 해외에서 사 온 생필품 같은 것들을 꺼내다 말고 이내 다시 집어넣는다. 문득 이틀 뒤면 다시 떠나야 한다는 생각을 하니 굳이 전부를 꺼내둘 필요는 없을 것 같았다. 이렇게 자꾸만 비워두는 공간을 과연 내 집이라고 할 수 있을까 싶어 멍하니 주변을 둘러본다. 식탁에는 먼지가 뽀얗게 쌓여있고, 냉장고 안의 식자재들은 어느새 말라비틀어졌다. 며칠 전 부리나케 집을 나서느라 미처 정리해 두지 못한 옷들이 바닥에 널브러져 있고, 잠들기 전 침대에서 읽던 책도 무슨 영문인지 바닥에 떨어져 있다. 냄새도 쾨쾨한 게 어쩐지 내 집이 아닌 것 같은 낯선 기분이 든다. 이번에는 며칠이나 집을 비웠던 걸까. 아무것도 하지 않아도 쌓이는 먼지처럼, 아무 일도 없었는데 집이 낡아버린 느낌이다. 한 달에 많아 봐야 열

흘 정도만 머무는 장소인데 내가 과연 이 집에 산다고 말할 수 있을까. 아무래도 이 집에는 나의 흔적이 부족하다.

해외로 비행을 떠나면 짧게는 하루부터 길게는 닷새까지 집을 비우게 된다. 생각해보면 지난 오 년 간은 이 과정의 연속이었다. 해외의 호텔에 도착해도 짐을 전부는 풀지 않는 까닭은 또다시 바로 떠나야만 했기 때문이다. 가장 오래 머무는 곳만을 집이라고 한다면, 나는 아무 곳에도 내 집이 없는 사람인 동시에 전 세계 어느 곳에나 내 집이 있는 사람이기도 하다. 어쩐지 새로운 방식으로 떠돌아다니는 유목인이 된 느낌이다. 날마다 새로운 공간에 들어서는 신비로움은 종종 낯섦으로 다가온다. 새로운 국가에 입국했을 때 펼쳐지는 낯선 문화의 광경과 시선도, 새로운 숙소의 방에 들어섰을 때 다가오는 익숙하지 않은 방의 구조와 배어있는 고유한 냄새도, 모두 설레는 동시에 낯설다. 나는 이 공간과 이곳의 사람들과 잠시나마 어울릴 수는 있겠지만 결국은 깊게 스며들지 못하고 떠나가는 이방인으로 남을 것이다. 익숙한 것들로 채워진 곳에서 낯섦은 호기심을 자극하기에는 충분하지만 결국은 익숙하고 편안한 것들로 돌아가는 것처럼 말이다. 장소든 사람이든 그런 이유들로 비로소 정착을 결정하게 되는 게 아닐까.

공간에 흔적을 남기면 나만의 장소가 된다. 그렇다면

나는 나만의 장소가 수도 없이 많은 축복 받은 삶을 살아가고 있는 것일 수도 있겠다. 하지만 그 공간들은 나를 어떻게 기억하고 있을까. 잠시 다녀가는, 어쩌면 머물지 않고 계속해서 잠시만 다녀가는 사람으로 기억하고 있진 않을까. 사람이 떠나간 장소에는 그리움만 남는다. 그렇다면 장소가 떠나간 사람에게는 무엇이 남아있을까. 얼떨결에 나는 어디에나 존재하는 동시에 어디서나 부재하는 사람이 되어간다. 내가 마침내 돌아갈 곳은 어디에 있을까.

오랜만에 내려다보는 비 내리는 밤의 거리이다. 일상에 많은 변화들이 찾아왔지만 비 오는 밤 이곳에서 내려다보는 풍경은 여전하다. 풍경이 여전하면 어쩐지 변한 것은 아무것도 없는 것 같은 느낌이 든다. 날마다 다른 일상을 보낸 뒤 지친 몸을 이끌고 집에 돌아오면 언제나 같은 모습의 밤의 풍경이 나를 기다리고 있다. 분명 많은 것들이 변해가고 있지만 이 풍경 앞에서는 결국은 제자리로 돌아온다. 바깥의 소란에 휩쓸렸던 날도, 내면의 고독에 잠겼던 날도, 여기서 밤의 거리를 내려다보면 잠시나마 일었던 파문이 잠잠해진다. 어디에도 없는, 어디서도 없는 이곳이 바로 내가 가장 나다울 수 있는 장소이다.

감상(鑑賞)

이별 앞에서 쓰였지만 그것이 어떤 시작처럼

오은 (시인)

이별 앞에서 쓰였지만 그것이 어떤 시작처럼

오은

오수영은 신중하다. 빠르게 돌아가는 세상을 슬로 모션으로 바라볼 줄 안다. 거기에서 마주하는 삶의 이면을 그는 외면하지 않는다. 거울에서 유리 조각의 날카로움을, 눈부신 추억 속에서 돌아갈 수 없는 회한을, 이사 갈 집을 둘러보면서도 지금 자신이 살고 있는 집을 찾을 생면부지의 누군가를 떠올린다.

엄마와의 마지막 산책이 될지도 모를 상황에서조차 엄마의 손을 처음 잡는 것처럼 꼭 잡는다. 깨질까 걱정되는 마음을 하나둘 헤아리며 그는 조금씩 단단해진다. 『깨지기 쉬운 마음을 위해서』에 실린 많은 글들이 사랑 끝에서, 이별 앞에서 쓰였지만 그것이 어떤 시작처럼 다가오는 것도 이 때문일 것이다. 깨지기 쉬운 마음 앞에서 나는 잊기 어려운 표정을 마주한다. '진짜의 마음'으로 내일을 향해 이륙하는 사람의 당찬 얼굴을.

BYEOL BIT DEUL

별빛들은 기존의 방식과 형식으로부터 자유로우며 독립적으로 활동하는 문학 작가들과 협업, 그들의 작품을 대중들에게 소개하는 문학 출판사입니다.

별빛들은 독립적으로 문학활동하는 작가와의 협업을 통해 '문학'과 '출판'과의 관계를 유연하게 만들고 엄격한 기준과 검열의 과정 없이도 탄생되고 있는 작가의 예술적 가치를 소개하여 문학의 다양화, 출판의 민주화를 유발하려 합니다. 나아가 다양한 영역에서 독립된 자아실현이 이루어지는 우리 사회를 응원합니다.

별빛들 작가선

01	이광호	숲 광장 사막
02	이학준	그 시절 나는 강물이었다
03	김고요	나의 외로움을 궁금해하지 않는 사람들에게
04	서현범	마음의 서술어
05	엄지용	나란한 얼굴
06	김경현	이런 말이 얼마나 위로가 될지는 모르겠지만
07	박혜숙	잔잔하게 흘러가는 동안에도
08	오수영	깨지기 쉬운 마음을 위해서
09	최유수	너는 불투명한 문
10	정다정	이름들
11	황수영	여름 빛 아래
12	최세운	혼자였던 저녁과 저녁의 이름
13	김은비	사랑 이후의 사랑
14	정선엽	해변의 모래알 같이

깨지기 쉬운 마음을 위해서

초판 1쇄 발행 2020년 6월 29일
7쇄 발행 2024년 6월 29일

지은이 오수영
펴낸이 이광호
편집 이광호, 오수영
디자인 이광호, 오수영
검수 이광호, 오수영, 현광섭, 오혜림, 이수형

펴낸곳 별빛들
출판등록 2016년 8월 10일 제 2016-000022호
이메일 byeolbitdeul@naver.com
홈페이지 www.byeolbitdeul.com

ISBN 979-11-89885-10-6
ISBN 979-11-89885-06-9(세트)

「이 도서의 국립중앙도서관 출판예정도서목록(CIP)은 서지정보유통지원시스템 홈페이지(http://seoji.nl.go.kr)와 국가자료종합목록 구축시스템(http://kolis-net.nl.go.kr)에서 이용하실 수 있습니다. (CIP제어번호 : CIP2020024609)」

• 이 책의 판권은 지은이와의 계약으로 별빛들에 있습니다.
• 저작권법에 의해 보호를 받는 저작물이므로 무단 복제와 전재를 금합니다.
• 잘못 인쇄된 책은 구입처에서 바꾸어 드립니다.
• 책값은 뒤표지에 있습니다.